이포두

노주일 신무협 판타지 소설

FANTASTIC ORIENTAL HEROES

이 포 두 7

노주일 新무협 판타지 소설

초판 1쇄 찍은 날 § 2014년 3월 21일
초판 1쇄 펴낸 날 § 2014년 3월 27일

지은이 § 노주일
펴낸이 § 서경석

편집부장 § 권태완
편집책임 § 박은정

펴낸곳 § 도서출판 청어람
등록번호 § 제387-1999-000006호
등록일자 § 1999. 5. 31
어람번호 § 제2-2478호

주소 § 경기도 부천시 원미구 심곡2동 163-2 서경B/D 3F (우) 420-822
전화 § 032-656-4452팩스 § 032-656-4453
http://www.chungeoram.com
E-mail § chungeorambook@daum.net

ISBN 979-11-5681-943-1 04810
ISBN 978-89-251-3314-0 (세트)

이포두

7

노궁일 新무협 판타지 소설

FANTASTIC ORIENTAL HEROES

도서출판 청어람

이포두

目次

第一章

키릭!

크콰곽!

금속 부딪치는 소리가 사방을 메우고, 주변의 시선은 그들의 싸움에 집중하고 있다.

나는 턱을 괴고 마부석에 척하니 앉아 입맛을 다시고 있었고 말이다.

서로의 창이 상대를 노리고 날아들면서 엉키는 장면은 전쟁 이후로 오랜만이다.

더군다나 본래 창은 유연함을 기본으로 하여 창대를 강하고 잘 휘어지는 나무로 만드는 것이 보통이다.

한데 저 둘은 창대가 쇠로 만들어진 듯 보였다.

또한 쇠로 만들어져 있는데도 불구하고 저렇게 유연하게 휘어지는 것을 보니 장인이 여간 신경 써서 만든 병기가 아닌가 싶다.

부럽다. 나도 저런 거 하나 있었으면…….

이런저런 생각을 하는 도중에 상철지의 창이 유연한 곡선을 그리면서 마치 뱀처럼 정육의 목을 노리고 날아들었다.

"그동안 실력이 많이 늘었구나, 제자야!"

쉐엑!

상철지의 창끝이 마치 살아 있는 듯한 움직임으로 정육의 목을 노리고 날아들자 정육은 예상했다는 듯이 창대를 튕겨 창날을 막아 세웠다.

그리고 그 즉시 창대를 지팡이 삼아 다리를 들어 상철지를 돌려 차서 멀리 떨어뜨려 놓으며 말했다.

"누가 당신의 제자인가! 사부의 의무도 다하지 않는 자가! 그 입 멋대로 놀리지 말라!"

파악!

텅!

"흡!"

상철지는 짧은 호흡을 뒤로하고 오른팔을 들어 정육이 내지른 발차기를 막아내었다.

스슥!

타탁!

정욱이 내지른 발차기가 얼마나 강한지 상철지는 뒤로 몇 발자국 물러섰다.

오, 분노에 찬 남자의 일격이라.

그러자 상철지는 내심 자존심이 상한 듯한 표정으로 정욱을 노려보았다.

그러나 이내 속내를 감추며 비열하게 웃음을 지었다.

그는 창대를 고쳐 잡으면서 발을 앞으로 내밀며 말했다.

"흐으, 그래도 제법 한 수가 있구나."

"방금 것은 약과에 불과하다. 다음에는 네놈의 얼굴에 주먹을 먹여주마."

"겨우 발차기 한번 휘두른 것을 가지고 자만이 하늘을 찌르는구나! 어디 이것도 한번 쳐내보아라! 추성창법(追星槍法)! 낙창지괴(落窓支怪)!"

파르륵!

촤악!

상철지는 창대를 떨면서 팔의 탄력만으로 창대를 떨쳐내더니 이윽고 수십 개의 창날 잔상을 만들어내며 정욱을 압박하였다.

이야! 그래도 제법 하네?

상철지의 위명을 들어보지는 못했지만 저 정도 실력이면 강호에서 이름깨나 날렸겠는데?

정육은 상철지의 창술에 입술을 꽉 깨물더니 창을 봉처럼 잡고 빙글빙글 돌려대었다.

그리고는 그 회전력을 이용하여 자신의 온몸을 칭칭 휘감는 것처럼 몸 주위를 감싸는 것이 아닌가.

으음, 저러면 안 되는데.

잔상을 이용하는 공격은 노림수가 하나라서 그냥 같이 맞불을 놓아 공격하는 것이 더 효과적인데.

정육의 자세를 보아하니 방어를 한 후에 공격하는 것 같은데, 스스로 무덤을 판 격이군.

상철지는 정육의 모습을 보더니 크게 웃으며 외쳤다.

"크하하하! 고작 내가 가르쳐 준 창법으로 나를 막겠다는 것이냐! 어리석은 놈! 그러니 네놈은 내 제자가 못 된 것이다!"

아까까지만 해도 자신의 제자라고 그렇게 열과 성을 다해 말하더니 이제 와서는 제자가 아니라니.

상철지라는 저 사람, 제정신이 아닌 것 같군.

하긴 자신의 성공을 위해서 주변 상황은 어떻게 되든지 관심조차 없는 놈이 제정신일 리 없다.

그런 상철지의 외침에 정육은 이를 악물고 받아쳤다.

"네놈의 제자로 받아달라고 한 적도 없다! 잔말 말고 들어오거라!"

"그래, 수년 전에 못 끝낸 인연을 여기서 끊어주마! 차앗!"

음, 둘의 실력을 폄하하는 건 아니지만 내가 볼 때는 둘은 여기서 승부를 낼 수 없다.

상철지가 내지른 공격이 정육에게 피해는 주더라도 어차피 방어하고자 마음먹은 정육이다.

어느 정도 피해는 감수할 마음으로 정육이 방어를 주도한다면 이후에 일어나는 공격권은 아마도 정육이 가지게 될 것이 뻔하다.

나는 상철지가 내뻗는 창날 끝을 주목하였다.

역시나 노림수는 하나이고 나머지는 전부 허초에 불과하였다.

상철지의 공격에 정육의 대응이 옳은 것은 아니지만, 자신이 생각했을 때 최선이 저 방법뿐이라면 어쩔 수 없겠지.

촤자자작!

다소 괴기스럽게 울려대는 금속성이 대기를 휘감았다.

더군다나 공격을 막기 위해 저렇게 열심히 자신의 몸 주위로 창을 돌려대는데 소리가 나지 않는다면 그것이 더 이상할 것이다.

캉!

쑤욱!

"크흑!"

정육은 상철지의 공격을 막기는 했지만 파고드는 힘까지 쳐낼 수가 없었다.

해서 간신히 머리를 노리고 날아드는 창날의 진로만 바꿔놓았다.

그러나 머리만 피해갔을 뿐 창날은 정육의 어깨를 파헤치고 들어갔다.

푸욱!

"목숨은 건졌다만 이제는 어쩔 것이더냐!"

뭘 어떻게 해? 정육이 원하는 대로 이루어졌는데.

살을 주고 뼈를 치는 방식은 무식한 방법이다.

아무리 살을 준다고 하지만 어차피 자신도 다치는 방법이 아닌가.

차라리 저 방법보다는 동귀어진이 더 효과적일 것이다.

상철지가 다 이겼다고 판단한 듯 잠시 힘을 빼는 것이 눈에 보였다.

물론 정육이 노리는 것은 그 틈.

정육은 지체없이 오른쪽 어깨를 버린다는 심경으로 몸을 틀어 왼손으로 창대를 잡아채고는 순식간에 창날을 상철지의 몸으로 올려붙였다.

"어떻게 죽여 줄……! 흑! 이게 무슨……?"

"이제 내 차례군!"

우직!

쑤욱!

마음먹고 내지른 정육의 창날에 상철지는 속수무책이었
다.

그러나 상철지도 강호에서 오래 굴러먹은 사람답게 쉽사
리 당하지 않았다.

상철지는 왼쪽으로 들어오는 창날을 맨손으로 휘어잡고는
간신히 자신의 뒤쪽으로 흘려보냈다.

물론 손에 큰 상처가 나겠지만 목숨보다는 중요하지 않을
것이다.

"크악! 이 빌어먹을 독종 새끼!"

"이게 끝인 줄 아는가! 흐아압! 회류낙성!"

정육은 상철지의 뒤쪽으로 흘려버린 자신의 창을 손목으
로 튕겨서 회전을 먹였다.

그러자 창이 정육이 흘린 힘을 따라서 거칠게 회전을 시작
하더니 상철지의 왼쪽을 사정없이 후벼 파기 시작하였다.

이야, 정말 독종이군.

저건 동귀어진도 아니고 그냥 상대방과 끝장을 보겠다는

말인데.

"네놈이 진정 내 앞길을 망치려고 하느냐!"

"이놈! 뚫린 입이라고 함부로 지껄이느냐! 네놈의 부귀영화를 위해서 인심을 저버리고도 무사할 줄 알았더냐!"

"세상은 적자생존이다! 자신의 이름을 세상에 남기려면 대를 위해 소를 희생하는 것은 당연한 이치! 나는 그것을 따랐을 뿐이다!"

"네놈 한 명을 위해서 희생한 운씨세가의 사람들을 '소'라고 말하느냐!"

"크아아악! 이 독종 새끼! 떨어져라!"

파악!

투악!

상철지는 온 힘을 다해서 정육의 가슴팍을 발로 차버림과 동시에 자신의 창을 놔버렸다.

정육의 몸에 박혀 있는 채로 계속 붙어 있다가는 자신이 살아남을 수 없을 것이란 판단에서였을 것이다.

음. 그나저나 저 둘의 대결에만 신경 썼더니 마한지와 나머지 복면인들이 다가오는 것을 느끼지 못했다.

십수 명 정도 되어 보이는 것들이 내 주변으로 모여들었다.

마한지가 나를 보고 비웃으며 말했다.

"크흐흐, 이놈, 이제 와서 살려달라고 해봤자 이미 늦었다.

크흐흐흐."

내가 언제 살려달라고 했나?

곰곰이 생각해 보니 그런 적도 없고, 그런 일이 있어서도 안 될 것 같은데 말이다.

나는 머리를 긁적거리면서 마한지에게 말했다.

"죽을래?"

"이 미친놈이 뭐라고 하느냐?"

"죽을 거냐고?"

"네놈 눈에는 우리가 보이지 않느냐? 어제의 상황과는 전혀 다른 것이 보이지 않느냔 말이다!"

"개미가 한 마리든 백 마리든 그게 사람 눈에 들어오든?"

"이, 이 쳐 죽일 놈이! 오냐! 오늘 네놈의 사지를 찢어 강호 무림에 견출상낭 마한지가 살아 있다는 것을 알려주마!"

나는 대꾸하기 싫었다.

더군다나 마지막을 향해 치닫는 상철지와 정육의 싸움이 아닌가.

괜히 개장수 때문에 그 구경을 방해 받고 싶지 않았다.

나는 주변을 쳐다보고 이쪽에 관심을 가지는 사람이 있는지 보았다.

다행히 화정 소저는 내가 있는 곳에서 제법 멀리 떨어져 있고, 다른 사람들도 정육과 상철지의 피 튀는 싸움에 눈이 멀어 있다.

흠, 좋아.

"얘들아, 당장 저놈의 사지를 발기발기 찢어!"

타앙!

픽!

마한지의 말이 끝나기도 전에 마부석에서 몸을 튕겨 그놈의 면상을 밟아주었다.

전광석화와 같은 나의 움직임.

마한지는 내 발의 감촉을 느끼고는 뒤로 몇 바퀴 돌더니 그대로 의식의 끈을 놓아버렸다.

죽은 것은 아니다. 별로 죽이고픈 생각도 없었다.

특별히 원한 관계도 아니고 말이야.

괜스레 사람 죽였다가 인과의 사슬에 얽히면 재수가 없다.

나는 마한지를 뒤로 내팽개치고는 십수 명쯤 되어 보이는 복면인들을 보고 말했다.

"죽을래?"

뭐, 죽이기야 하겠냐만 그래도 말은 이렇게 해본다.

"……."

역시 무위를 한번 보여주면 쉽사리 덤빌 생각을 못하는 것이 무림인의 특성이다.

나의 말에 아무 말도 못하는 복면인들을 보고 말을 이었다.

"쓸데없이 나서지 맙시다. 괜스레 하나밖에 없는 목숨, 무덤 자리도 못 찾고 죽으면 부모님이 좋다고 하겠소?"

"……."

"그리고 혹시라도 같이 덤비면 날 죽일 수 있을 거라고 착각하는 사람이 있을지 몰라서 그러는데……."

나는 주섬주섬 말을 하면서 눈을 뭉쳤다.

그리고는 한껏 공력을 담아서 옆에 있는 집채만 한 바위를 가리키고 그곳을 향해 힘껏 던졌다.

휙!

쉬이이익!

쑤컹!

내가 던진 눈은 아무런 막힘없이 바위를 뚫어버렸다.

애초에 급이 다른 무위.

나는 다시 눈을 뭉쳐 쥐고 복면인들을 바라보며 물었다.

"이래도 덤빌 거요?"

"…아, 아닙니다. 저희가 무슨……."

"거참, 말이 통해서 다행이요. 괜히 여기에 시체 쌓이면 묻기 귀찮은데."

"그, 그렇지요."

"자자, 다들 자리로 돌아가서 계속 구경이나 합시다. 그리

고 이 결투의 결과가 어떻게 되든 계속 구경만 하시구요. 내 말뜻이 무언지 알겠소?'

한마디로 쓸데없이 움직이지 말란 소리다. 눈덩이에 구멍 나기 싫으면.

나의 친절한 설명을 잘 알아먹었는지 그 복면인들은 고개를 끄덕거리면서 자신의 자리를 찾아서 다시 돌아가기 시작했다.

쓸데없이 힘썼군.

나는 손을 탁탁 털고는 다시 마부석으로 돌아와 상철지와 정육의 싸움을 구경했다.

그래도 마한지에게 시간을 얼마 뺏기지 않아서 상철지가 몸을 뺀 후의 상황을 볼 수 있었다.

정육은 자신의 어깨에 박힌 창날을 뽑아내고는 상철지를 맹렬히 노려보고 있었다.

물론 상처가 보통 상처가 아니라서 그런지 어줍지 않게 다가갈 엄두는 내지 못하였지만 말이다.

상황은 상철지도 똑같았다.

자신의 무기를 잃어버린 것도 있지만 창날을 맨손으로 잡은 여파가 컸다.

얼마나 찢어졌는지 상철지의 왼손에서는 피가 철철 흘러내리고 있었다.

상철지는 자신의 윗옷을 찢어 왼손에 감았다.

마찬가지로 정육도 옷을 찢어서 오른쪽 어깨에 대고 묶었고 말이다.

대충 응급처치가 끝난 둘은 다시 서로를 마주 보았다.

잠시간의 시간이 흐른 후 정육이 먼저 말문을 열어 물었다.

"운씨세가를 그렇게 만들어놓고 잠이라도 잘 이루었나?"

정육의 말에 상철지는 흐뭇하게 웃으면서 대답했다.

"최고급 비단과 침상, 그리고 주색을 겸비한 미녀가 내 품에 있는데 못 잘 이유가 어디에 있겠느냐! 하하하!"

이야, 저거 나쁜 놈이네.

그래도 정육이 저렇게 물어보면 쓸데없이 도발하지 말고 진심을 담아서 말해야지 말이야.

정육은 상철지의 말에 주먹을 굳게 쥐고 말을 이었다.

"최고급 비단과 침상, 그리고 필요하다면 주색을 겸비한 미녀도 운씨세가에 있었으면 다 가질 수 있었는데 그 수많은 사람을 희생한 대가가 겨우 그것뿐인가?"

"그렇지. 물론 단순히 그런 것은 운씨세가에 몸을 두고 있으면 얻을 수 있었을 테지. 하나 내 야망은 결코 운씨세가의 식객만으로 끝날 것이 아니었다."

"그럼 도대체 당신이 이루고자 하는 것이 무엇이냐?"

아마도 정육은 알고 싶었을 것이다.

자신의 인생과 운씨 자매의 인생을 송두리째 바꿔 버린 것이 무엇인지 말이다.

　상철지는 일말의 생각도 없이 정육에게 말했다.

　"그것은 바로 이 중원 천지에 천년만년 길이 이름을 남길 대장군이 되는 것이다! 그것이 바로 내 야망의 끝! 사내대장부로 태어나 이룰 꿈이다!"

　별로 좋지는 않던데.

　쓸데없이 문제만 생기고.

　나는 별로 공감 안 가는 상철지의 말에 정육을 쳐다보았다.

　정육은 당연히 그 말에 반문하며 창대를 고쳐 잡았다.

　"겨우 그런 공명심 때문에 인정을 저버리고 권력을 탐했나? 그리고 그 죄 없는 세가의 사람들을 무참히 도륙한 것이냐?"

　"하하하! 네놈이 이해하리라곤 생각 안 했다! 야망은 오로지 야망을 품은 사람만이 이해하는 법!"

　"그럼 그 야망을 여기에 묻어라! 당신의 그 야망, 운씨세가를 풍비박산 내었던 것처럼 이 내가 산산조각 내어주겠다!"

　"어디 한번 해보아라! 어차피 네놈과 나는 이 하늘 아래 같이 살아 있으면 안 될 사람! 결과는 뻔하겠지만! 하하하!"

　그렇지. 결과는 뻔하지.

　네놈이 이기든 지든 네놈은 죽고 정육은 살겠지.

운씨 자매 때문에 이 먼 길 고생하면서 달려왔는데 여기서 내가 정육을 죽게 놔두면?

운씨 자매도 내가 관리하라고?

웃기는 소리지.

솔직히 내가 지금 여기서 저 둘의 싸움을 보고 있는 것도 단순히 흥미가 있어서이지 절대로 정육을 죽게 놔두지는 않지.

찰칵!

스륵!

"받아라!"

정육은 바닥에 떨어진 상철지의 창을 발로 차서 상철지에게 날렸다.

"뭐냐?"

상철지의 눈이 가늘어졌다. 정육은 그런 상철지를 향해 말했다.

"이러면 결코 무기가 없어서 죽었다고 변명하지 못할 것 아닌가!"

상철지는 그 창을 오른손으로 받아 들고 의미심장한 웃음을 지으면서 말했다.

"크크크, 네놈이 명을 단축하는구나! 좋다, 그래도 옛정을 봐서 고통스럽게 죽이지는 않으마! 하하하!"

그 말에 잠자코 있을 정육이 아니다. 정육은 냉정하게 상철지를 쳐다보며 말했다.

"네놈은 필히 고통스럽게 죽을 것이다."

"그래, 어디 네놈 마음대로 해보거라! 차앗!"

더 이상의 말은 괜한 심력 싸움일 뿐.

상철지는 창을 앞세우고 정육에게 뻗어 나갔다.

정육은 왼손으로 창대의 중간을 강하게 잡아 쥐면서 상철지의 창에 마주 섰다.

스창!

키리리릭!

정육의 창은 다가오는 상철지의 몸을 횡으로 가르며 쏟아져 갔고, 상철지는 찌르는 공격이 아닌 횡으로 내치는 공격에 잠시 당황했다.

그러나 이내 몸을 돌려 정육의 창을 피함과 동시에 솜씨 좋게 그 회전력으로 그대로 창을 돌려대는 것이 아닌가.

역시 사람은 겪어보고 판단해야 한다.

상철지의 실력이 과연 정육이 말하는 것처럼 쉬이 볼 상대가 아니지 않는가.

위잉!

상철지의 위력적인 공격에 바람 소리가 들리면서 창날이 정확하게 정육의 옆구리를 노리고 날아들었다.

정육은 감각적으로 몸을 젖혀 위기의 순간을 넘기고 창을 회수하여 다음 공격을 준비하였다.

물론 그것을 보고만 있을 상철지가 아니다.

상철지는 짧은 기합과 함께 창의 진로를 바꾸면서 창대를 옆구리에 단단히 고정시키고 오른발을 내디뎌 정육을 찔러나 갔다.

"합! 통창술괴!"

음? 저 모습은 소림의 통배권과 똑같은데?

초식의 이름은 다르지만 기수식이 같았다. 더군다나 창을 찔러들어 가는 원리조차 똑같지 않은가.

통배권을 창에 접목시키다니, 결코 만만한 수법을 지닌 사람은 아닌 것 같네.

저런 좋은 창법을 지니고도 마음을 저리 먹다니, 쯧쯧.

상철지가 내뻗은 창에는 통배권의 원리와 운용이 담겨 있었다.

정육이 피하기는 해도 완벽하게 피하기는 무리일 것이다.

지금 정육이 위치로 보아서는 뒤로 피하는 것 외에는 다른 퇴로가 보이지 않으니 말이다.

"크윽!"

터엉!

쩡!

내 예상이 정확하게 정육은 뒤로 피하면서 창대를 자신의 앞으로 끌어와 상철지의 창을 막아 세웠다.

하지만 통배권이 막은 것과 무관하게 피해를 입히는 원리이니 결코 정육의 몸이 괜찮다고 말할 수는 없었다.

소리만 들어도 그렇지 않은가.

분명 상철지의 창날은 정육의 창대에 막혔는데 맞은 소리가 정육의 몸에 울리고 있으니 말이다.

타탁!

"윽! 퉤!"

뒤로 두어 발자국을 물러선 정육은 목에서 올라온 핏물을 거칠게 바닥에 뱉어버리며 창대를 다시금 움켜쥐었다.

상철지는 그 모습을 보고 희미하게 웃으면서 계속해서 공격을 이어나갔다.

"이번에는 결코 살아나가지 못할 것이다!"

"……."

정육은 상철지의 말에 아무런 말도 하지 않았다.

그저 조용히 입을 다물고 왼손으로 강하게 창대를 움켜쥐면서 다음 공격에 대비하는 모습이다.

분기에 휘둘리지 않은 냉정한 모습.

그래도 이번 싸움이 정육의 실력을 일취월장시켜 줄 것이다.

저렇게 원한이 깊은 상대와 마주하면서도 냉정함을 잃지 않다는 것만 보아도 심력이 보통이 아니란 것이 드러나니 말이다.

쉬이이익!

또다시 뱀처럼 휘어져서 들어오는 상철지의 공격에 정육은 냉정하게 눈을 돌려 창날 부분을 쳐내기 시작하였다.

창!

쉐엑!

캉!

부상을 입은 탓인지 정육의 움직임은 부드럽게 연계되지 않았지만 서서히 적응해 가는지 몸놀림이 빨라졌다.

그러나 그 모습을 상철지가 그냥 바라만 보고 있지는 않는다.

상철지의 창이 더욱더 변화무쌍하게 정육을 압박하기 시작하였다.

쉬리릭!

"언제까지 막기만 할 건가? 아까의 그 독기는 어디다 내팽개치고 이렇게 겁먹은 강아지처럼 도망만 다니느냐! 하하하!"

키릭!

상철지는 손목을 비틀어 창을 적절하게 회전시키면서 정

육을 철저하게 괴롭혔다.

정육은 막기는 하지만 변화무쌍한 상철지의 공격에 상처가 점점 늘어나고 있었다.

정육은 상철지의 말에 냉정하게 공격을 막으면서 말을 이었다.

"당신이 가르쳐 준 창법은 화려하고 허초와 기교가 가득한 창이었다."

쉬익!

창!

"그래? 그래서 어쩌란 말이더냐? 이제 와서 다시 가르쳐 달란 말이더냐?"

상철지의 창날은 여지없이 정육의 몸 이곳저곳을 노리면서 크고 작은 상처를 만들어내었다.

정육은 그런 것에 아랑곳하지 않고 오로지 상철지만을 쳐다보며 말을 이었다.

"제일 처음 당신이 운씨세가를 배신한 사실을 알았을 때난 당신에게서 배운 무공을 스스로 없애 버려 했다."

스창!

픽!

상처는 가소로운 듯 입꼬리를 올렸다.

"크흐, 만약 네놈이 그랬으면 더욱더 일이 쉬워졌을 텐데 말이야."

카앙!

창!

정육은 감정의 기복 없이 상철지의 창을 받으면서 계속해서 이야기를 해나갔다.

사연이 많은 놈이군. 한데 굳이 저렇게 싸우면서 이야기하고 싶나?

"하지만 이내 마음을 다잡고 생각했다. 당신에게서 배운 무공으로 당신을 죽인다면 그것이 최고의 복수라고 생각했다."

"하하, 그럼 어서 복수를 해보거라! 이렇게 꽁지 빠진 강아지처럼 도망만 다니지 말고 말이다!"

휘익!

상철지의 창이 정육의 목을 꿰뚫어 버릴 듯이 날아들었다.

하지만 정육은 여전히 차가운 얼굴로 막 그의 창을 막아 세우면서 말을 이어나갔다.

"그러나 어느 정도 시간이 흐른 후에 난 알 수가 있었다. 당신에게 배운 무공으로는 당신을 이길 수 없다는 것을."

"하하! 그래서 지금 네놈은 무슨 소리를 하고 싶은 것이냐?"

"별소리는 아니다. 그저 그 생각 이후로 당신의 무공을 철

저하게 공부하고 파악했을 뿐. 오로지 당신 한 명을 죽이기 위해서!'

"하하하! 그래? 그래서 나온 결론이 이렇게 도망을 다니는 것이더냐?"

상철지의 창은 여전히 변화무쌍한 모습으로 정육의 목을 노리고 날아들고 있다.

하지만 아까와는 분명 다른 것이 있었다.

그것은 바로 점점 정육의 몸에 닿는 상철지의 창의 횟수가 적어진다는 것이다.

오호, 파악했나?

정히 밀리면 알려주려고 했는데 말이야.

상철지의 창은 그야말로 화려하다.

허초의 수도 제법 진짜처럼 보이고 창의 기교도 뛰어났다.

더군다나 창에 담긴 수법도 제법 표홀해서 만만히 볼 만한 창이 아니었다.

하지만 모든 무공에는 분명 장단점이 있었다.

단점이 없는 무공은 있을 수가 없다.

상철지의 창법 최고의 단점은 바로 체력이었다.

창에 변화를 주려고 무리하게 내공을 운용하고, 일반인은 들고 몇 번 휘두르기도 힘든 쇠로 만든 창대를 움직이면 당연히 체력이 소진된다.

아무리 보안에 보안을 거듭한다고 해도 강철 체력과 무한한 내공은 없다.

나라면 몰라도.

정육은 그것을 깨달은 것이다. 상철지 최대의 단점을 말이다.

스캉!

퉁!

"음?"

창을 맹렬하게 휘두르는 사람은 모를 것이다. 자신의 힘이 점점 빠져나가는 것을 말이다.

공격하고 있을 때는 체력이 쉽사리 빠져나가는 것을 모른다.

그래서 주도권을 잡고 있어도 방어를 제대로 하는 상대에서 반격을 당하여 역전을 당하기도 한다.

상철지는 아까와는 달리 자신의 창을 쉽사리 튕겨내는 정육이 이상해 보일 것이다.

"이놈, 이번에는 막아 세웠지만 다음에는 그리 쉽사리… 음?!"

차앙!

"이제부터 시작이다."

정육은 상철지의 창을 크게 튕겨내면서 말했다.

정육의 말이 맞았다.

이미 상철지의 체력은 자신도 모르는 사이 바닥을 친 것이다.

"설마… 이때를 위해서…….."

"이건 운씨세가 가주의 몫이다."

상철지의 말을 들어주지 않고 정육은 그대로 창을 휘둘러 상철지의 무릎을 부술 듯이 내쳤다.

빠악!

우지지직!

"으아악! 이런 일이!"

당하는 입장에서는 믿기지 않을 것이다. 승기를 잡아놓고도 이런 식의 반격이 가능하다는 것이.

하지만 정육은 정말 냉정하다 못해 동네 산책하는 듯한 편안한 마음으로 상철지의 다른 무릎을 박살 내며 말했다.

"이건 가주 사모의 몫이고."

뻐억!

콰직!

"아아악! 이런 개자식이!"

툭!

양다리의 무릎이 박살 나면 자연히 사람은 바닥에 쓰러지게 된다.

아무런 저항도 없이 쓰러지는 상철지의 모습은 모르는 사람이 보면 충격적일 것이다.

잘 싸우고 있다가 단 한 번에 저런 모습이 되다니 말이다.

정육이나 나는 저런 모습을 예상했어도 다른 사람들은 어안이 벙벙할 것이다.

정육은 주변 사람들의 시선은 신경 쓰지 않으면서 계속해서 상철지의 사지를 부숴놓았다.

"이건 운씨세가에서 일했던 가솔들의 몫이다."

지체없이 상철지의 다친 왼팔을 부숴놓으면서 말하는 정육에게 상철지는 악을 써댔다.

"크아아아악! 이 빌어먹을 새끼! 너희는 무엇하느냐! 당장 이 독종 새끼를 죽여라!"

"……."

상철지의 명령에 병풍처럼 뒤에 서 있던 복면인들은 일제히 내 눈치를 보았다.

나는 그 모습을 보고 고개를 양옆으로 가로지르면서 바닥에서 눈을 뭉쳐 보였다.

한마디로 꿈적하면 없애 버리겠다는 무언의 암시다.

상철지는 아무런 움직임이 없는 복면인들에게 계속해서 외쳐대며 말했다.

"뭣들 하느냐! 내 명령이 들리지 않느냐! 당장 나를 구해달란 말이다!"

"…크흠, 큼."

복면인들은 헛기침을 하며 내 눈치를 보았고, 나는 아무런 말도 없이 바닥에서 다시 눈을 뭉쳐 마부석에 하나둘 쌓기 시작했다.

한 놈에 하나씩이라는 무언의 소리.

정육은 복면인들이 아무런 움직임이 없고 계속해서 나를 쳐다보는 것을 이상하게 느꼈겠지만 지금 중요한 것은 상철지이지 내가 아니었다.

정육은 상철지의 말을 무시하고 그의 오른팔을 부수면서 말했다.

"이것은 운씨 자매의 몫이다."

퍼석!

"끄아아아악!"

사지가 부러지는데 제정신인 사람이 어디 있겠는가.

상철지는 그대로 피거품을 물고는 기절해 버렸다.

"꾸르르륵! 캐핵!"

그와 동시에 왠지 모르게 내 눈에 화정 소저의 모습이 보였다.

역시나 화정 소저는 정육이 상철지의 사지를 부숴놓는 모습을 보고 눈을 감아버렸다.

하긴 정육의 사정을 충분히 아는 나에겐 상철지가 저리 되도 당연한 것이었지만, 다른 사람들은 그 사정을 모르니 저 모습이 잔인하게 비춰질 수밖에.

이거 말려야 하나?

이 세상에 죽어 마땅한 사람은 많다.

그러나 그 사람들이 전부 죽어 마땅하다고 해서 다 죽여 버린다면 그들과 우리와 다른 점이 무엇인가.

사람이 사람으로서의 최소한의 윤리 의식도 느끼지 못하고 살아간다면 죽어 마땅한 사람을 죽여도 결코 만족을 느끼지 못할 것이다.

힘이 있다고 해서 힘없는 자를 핍박하지 않고, 권력이 있다고 해서 권력을 남용하지 않으면서, 돈이 있다고 해서 돈을 악용하지 않는 사람은 없는 것인가?

생각이 여기까지 미치자 차라리 나중을 위해서, 또한 정육을 위해서 상철지를 죽이는 것은 막아야 했다.

나는 마부석에서 몸을 일으켜 정육에게 다가갔다.

정육은 내가 오는 것을 느끼고, 또한 내가 무엇을 말할지 알고 있는 듯한 모습이다.

나는 정육에게 말했다.

"그만하고 산 채로 데리고 가자."

"…말리지 마시오. 이놈은 꼭 여기서 죽어야 하오."

"어차피 죽기는 하겠지만 여기서 죽일 필요는 없지."

"…무슨 말을 하고 싶은 것이오?"

분기에 가득 차서 살기 넘치는 사람에게 대뜸 죽이지 말라면서 쓸데없이 생명 존중에 대해서 늘어놓는다면 그거야말로 개소리다.

죽을 이유가 확실한 놈에게 자비를 베풀 필요가 있겠는가?

"쓸모가 있어서 살려두라는 거야. 그리고 그 이후에 죽여도 늦지 않아."

"분명 포두님의 계획에 이놈은 없는 걸로 알고 있소. 쓸데없는 말로 설득하려 들지 마시오. 이놈은 오늘 꼭 죽어야 하오."

"염병할. 나중에 황충모가 간섭하려고 들면 어쩔래? 그러면 이놈을 이용해서 방패막이로 내세우면 되잖아. 또한 운씨 자매에 대한 문제를 해결한 후에 죽여도 나쁠 건 없다고 생각 안 하냐?"

순간에 꾸며낸 이야기라고 해도 앞뒤가 맞아야 먹힌다.

만약 대뜸 다른 이유를 가져다 붙였으면 상철지를 그냥 죽여 버렸을 것이다.

정육은 내 말을 듣더니 못내 고개를 무겁게 끄덕거렸다.

저놈도 생각이라는 것이 있으니 내 말이 맞는다고 느낄 것이다.

황충모가 개입할 가능성은 거의 없지만, 그래도 만약이라는 것이 있으니 상철지를 운씨 자매의 일을 마무리 지을 때까지 살려두는 것도 좋은 방법이라고 말이다.

하지만 정육은 그대로 물러나지 않았다.

"…포두님의 말에 일리가 있습니다. 하나 이것 하나만은 명심해 두십시오. 아가씨들의 문제가 해결되면 저는 상철지 저놈의 목을 베어 운씨세가의 가주 무덤에 바칠 것입니다."

"내가 말릴 사람으로 보이냐?"

어차피 여기서만 죽이지 않으면 돼.

괜히 죽어 나자빠지는 상황을 보였다가는 화정 소저나 중원상단 입장에서는 꺼림칙하겠지.

나는 이렇게 상황을 마무리 짓는 것으로 하고 정육에게 말했다.

"그럼 이놈을 마차에 차분하게 옮겨놓아라. 숨은 붙어 있어야 하니 조심히 다루고."

나의 말에 정육은 상철지의 뒷목을 잡더니 질질 끌어 나와 자신이 탔던 마차로 자리를 옮겼다.

어지간히 싫은 티 팍팍 내는군.

아무튼 저긴 저렇게 놔두고, 이제는 저 복면인들 처리가 문제군.

나는 복면인들에게 뒷짐을 지고 편안히 팔자걸음으로 다

가갔다.

그러자 복면인 중 제법 계급이 높아 보이는 자가 대뜸 나에게 물었다.

"어, 어떻게 하면 좋겠습니까?"

나에게 사후 처리에 대해서 물어보니 참으로 기쁘게 생각되었다.

어차피 복면인들이 물어보지 않아도 말해줄 생각이었지만 말이다.

"너희 계획이 뭐냐?"

상철지에게 물어봐도 되었지만 그놈에게 물었다간 괜히 다른 말이 나올까 봐 부하들에게 물었다.

"자, 자세한 것은 수석교두가 알고 있지만, 여기 일을 처리하고 곧장 무림맹으로 향할 계획이었습니다."

"오호, 무림맹에? 그럼 좋은 이유는 아닌 것 같은데, 내 말이 맞나?"

"그… 자세한 것은 저희도…….."

하긴 세부 계획에 대해서는 모르는 것이 당연하다.

나는 복면인들에게 고개를 끄덕거리면서 말을 이었다.

"가서 황충모에게 전해. 이유가 무엇이 되었든 내가 상철지를 잡고 있다고 말이야. 만약 섣불리 움직이면 어떻게 행동할지 나도 모른다고."

물론 이렇게 말한다고 해도 황충모의 목적이 무엇이든 간에 그만둘 리는 없겠지.

그래도 마지막에 이렇게 못을 박아두면 큰 문제는 없을 것이다.

"좋게좋게 말할 때 알아듣는 게 좋을 거야. 어차피 너희야 여기서 살아 돌아가 봤자 책임 추궁당할 것이 뻔한데 괜히 목숨 부지하고 살아 돌아간 수고도 없이 토사구팽당하면 되겠어?"

살고 싶으면 알아서 기어 다니라는 소리다.

제법 말도 통하고 융통성도 있어 보이는 사람들이니 이렇게 말해두면 알아서 잘 둘러댈 것이다.

나의 말에 복면인들은 수긍하였다. 아니, 할 수밖에 없을 것이다.

나는 놈들의 머리 굴려대는 소리가 들려오는 것을 느끼고 상황 정리는 복면인들에게 맡겨놓고 다시 내 자리를 찾아서 마차로 올라섰다.

그러자 그런 나를 본 정욱이 물었다.

"또 무슨 짓을 하신 겁니까?"

"뭐가?"

"…아닙니다."

"싱겁기는."

녀석은 나와 말을 주고받으면 자신이 더 손해 볼 것을 알고 있었다.

정육은 아무런 말도 없이 마차로 들어가 자신의 상처를 돌보기 시작하였다.

나는 마부석에 탄 채로 다시 늑대들을 몰아 무림맹으로 향하려 하였다.

화정 소저는 너무나도 자연스럽게 상황을 수습하고 다시 늑대를 몰아 무림맹으로 향하려는 나를 보며 물었다.

"저, 저기, 포두님, 그분은 괜찮으신가요?"

그분이라 하면 당연히 상철지나 내가 아니라 정육이겠지?

나는 웃으면서 화정 소저의 말에 대답해 주었다.

"괜찮습니다. 여간 몸이 튼튼한 친구라."

"그래도 상처를 많이 입으신 것 같은데⋯⋯."

"걱정 마십시오. 제가 있으니."

자신 있는 나의 말에 화정 소저는 담담히 웃으면서 고개를 크게 끄덕였다.

"알겠어요. 그럼 포두님만 믿을게요."

아니, 그 정도는 아닌데.

순간 그 말이 튀어나올 뻔했는데 괜히 분위기 망칠 것 같아서 나도 입가에 잔잔하게 미소만 지어주었다.

화정 소저는 나의 그런 모습을 보고는 당차게 다시 자신의 마차로 돌아가 다시 무림맹으로 방향을 잡고 출발하였다.

"중원상단 여러분! 조금만 힘을 내세요! 곧 있으면 무림맹입니다!"

후우, 그래, 조금만 있으면 이 뭣 같은 일도 다 끝나고 다시 장하현으로 돌아가겠구나.

이제 더 이상 큰일은 없겠지.

나는 큰 소망도 아니고 작은 희망을 담아서 하늘에 치성을 올렸다.

제발 이 이상 큰일이 없기를 바라며 말이다.

第二章

—황충모의 서재

쾅!

"당장 병사를 모으고 명교에 알려 이번 일에 동참해 줄 것을 일러라! 명교가 이번 일에 같이 힘을 모은다면 교에서 제시한 거래를 받아들일 것이라고도 전하고!"

황충모는 탁상을 거칠게 내려치면서 앞에 부복한 복면인에게 크게 외쳤다.

이원생의 작은 희망과 소망이 물거품이 된 순간이다.

상철지가 잡혀 있다는 소식은 황충모에겐 되레 극약으로 작용되었다.

차라리 상철지가 죽어버렸다면 황충모는 깨끗하게 이번 일을 마무리 짓고 다른 일에 신경 썼을 것이다.

하지만 상철지가 살아 있다면 이야기가 달라진다.

그렇지 않아도 사상누각 같은 입지를 천천히 다지는 중인데 뜻하지도 않은 곳에서 결로(決路)가 생긴 것이다.

만약 상철지가 사로잡힌 채로 이상한 말을 흘린다면 황제와 천중상에게 꼬투리를 잡힌다는 것은 삼척동자도 알 수 있는 사실이다.

더군다나 황충모에게 고한 복면인은 이원생에게 잡혔다는 사실은 말하지도 않고 대뜸 원래 목적이었던 무림맹에 사로잡혔다고 거짓말을 하지 않았는가.

황충모는 지끈거리는 머리를 부여잡으면서 부복한 수하에게 이어서 물었다.

"다시 한 번 묻겠다! 정녕 수석교두가 홀로 무림맹에 잡힌 것이 맞느냐?"

"그, 그러하옵니다! 무림맹에 발각되어 쫓기는 도중 저희들을 살리려고 혼자 위험을 감수하셨다가 그만……"

이원생과 마지막으로 헤어질 때 서로의 안녕을 추구하면서 이야기를 잘 만들라는 원생의 충고는 이미 하늘 저 멀리 날아가 버렸다.

복면인의 새빨간 거짓말을 한 치의 의심 없이 받아들인 황충모는 깊이 파인 주름을 더욱더 깊숙하게 새긴 채로 생각에 빠졌다.

'하필이면 다른 곳도 아니고 무림맹이란 말인가! 처음부터 위험한 도박인 것은 알았으나 철지, 그놈을 너무 믿었구나. 그래도 다행히 시간이 많이 흐르지는 않았다. 철지 그놈만 없어져 준다면……'

가뜩이나 남궁세가와 힘의 줄다리기를 하고 있는 마당에 자신의 치부를 아는 상철지가 무림맹의 손에 들어가 버렸다.

이것은 생각해 보나마나 한 문제였다.

상철지를 죽이는 것 이외에는 달리 방도가 없는 현실임에 틀림없는 상황.

황충모는 마음을 굳게 먹으면서 주먹을 강하게 쥐며 생각했다.

꾸욱!

'급박한 상황이라 하지만 절대로 경거망동해서는 안 된다. 섣불리 많은 병사를 움직였다가는 되레 황실 쪽의 이상한 시선을 끌 수도 있는 노릇. 철저하게 상철지의 목숨만 취하면 될 것이다.'

항상 안전에 안전을 기하는 황충모였다.

일이 긴박하게 돌아가고 있기는 하지만 성급하게 많은 병력을 동원할 문제도 아니었다.

황충모는 생각을 마친 후 사람을 불렀다.

"밖에 누구 있느냐!"

"예, 승상."

"현재 상철지 말고 내 수하 무사 중 서열이 가장 높은 자가 누구더냐?"

"현재 부수석교두인 마한지가 있사옵니다."

"그래? 그럼 그자를 불러 올리거라! 지금 당장!"

"알겠사옵니다, 승상."

황충모의 말에 서생은 즉시 자리를 옮겨 발길을 재촉하였다.

황충모는 서생이 나가는 모습을 본 후 여전히 앞에 부복해 있는 수하에게 강한 어조로 말했다.

"넌 지금 바로 황궁에 있는 요랑에게 내 말을 전하도록 하라! 그리고 무슨 일이 있어도 반드시 명교를 꼭 끌어들이도록 해야 한다! 내 말이 무슨 뜻인지 알겠느냐?"

"알겠습니다, 승상! 꼭 그렇게 하도록 하겠습니다!"

"좋다, 그럼 어서 출발토록 하여라!"

"충(忠)!"

부복한 복면의 수하도 황충모의 서재를 떠나 그 즉시 황궁에 있는 요랑에게로 몸을 움직였다.

황충모는 수하들이 자신의 명을 받고 떠나는 모습을 보고 일이 어떻게 풀릴지 생각하며 잠시 불안한 기색을 보였다.

그의 정치 인생만 거의 반평생이다.

무수히 많은 문제와 위험을 지나왔다고 생각했지만 아직도 그 위험과 문제가 사방에 널린 것을 보면, 지금껏 자신이 살면서 해결해 온 것들이 무색할 정도였다.

그는 무거운 한숨을 내쉬면서 잠시 고개를 젖혀 자신을 환기시켰다.

"후우우우."

하지만 그것도 잠시, 곧이어 서재 문이 열리면서 들어온 사내에 의해 잠깐의 휴식을 끝낸 황충모다.

끼이익!

털컹!

"부수석교두 마한지가 승상께 인사 올리옵니다!"

황충모는 자신이 부른 마한지가 온 것을 듣고는 뒤로 젖힌 고개를 아래로 내리며 말을 이었다.

"그래, 잘 왔… 음? 자네 얼굴이 왜 그러나?"

그 누가 보아도 마한지의 얼굴은 매우 상해 있었다.

원래부터 봐줄 만한 얼굴은 아니었지만, 이원생에게 두 번씩이나 당한 후로는 병색이 완연하고 초라한 모습이었던 것이다.

마한지는 황충모의 말에 입술을 잘근 씹으며 생각했다.

'그 처 죽일 더러운 놈! 두 번씩이나 암수를 행해서 날 이 꼴로 만들어놓다니! 으으으으!'

아직도 실력 차이를 인정하지 못하고 이원생에게 이빨을 가는 마한지였다.

분기에 가득 찬 울분을 황충모에게 드러낼 수는 없어서 마한지는 한껏 괜찮다는 듯이 대답했다.

"요 근래 고뿔에 걸려서 그런 것입니다. 염려치 마시옵소서, 승상."

"후우, 그래, 몸은 괜찮은가?"

"그렇사옵니다. 아주 말끔하게 나았습니다, 승상."

"그래 보이진 않지만 나았다니 다행이로구만."

"한데 어찌하여 소인을 부르셨습니까?"

"일단 앉게나."

황충모는 마한지에게 자리를 권하였다.

마한지는 자리에 앉으면서 앞에 앉은 황충모를 쳐다보았다.

"……."

"……."

서로 간에 짧은 정적이 흐르고,

황충모는 이내 입을 열어 마한지에게 단호한 음성으로 물었다.

"자네 철지 그 사람을 벨 수 있겠는가?"

"……?"

갑작스런 황충모의 말에 화들짝 놀란 마한지다.

그 누가 뭐라고 해도 강호무림에서 거의 죽을 뻔한 자신을 살려준 생명의 은인인 상철지가 아닌가.

황충모는 마한지의 다소 격한 반응에 당연하다고 생각했다.

아무리 자신의 명이라고는 하나 지금껏 모시던 사람을 베는 것이 쉽겠는가?

그러나 황충모는 나이를 헛먹은 사람이 아니었다.

황충모는 마한지에게 계속 말을 이었다.

"자네가 철지 그 사람을 벤다면 자네에게 수석교두의 직위와 황금을 내리겠네."

"그… 하, 하지만……."

"또한 그 이후로 일이 잘 풀린다면 장군의 직위까지 내리겠네. 어떠한가, 내 제안이?"

상철지에게 약속한 것을 마한지에게 똑같이 하는 황충모였다.

마한지는 파격적인 황충모의 제안에 뭐라 덧붙일 말이 없었다.

상철지가 누구의 손에 잡혀 있는지 대강은 알지만, 반나절을 기절해 있다가 깨어나 상황이 어떻게 돌아가는지도 모르는 마한지였다.

그러나 황충모가 제시한 제안은 마한지의 이성을 흐려놓기에 충분하였다.

그는 얼빠진 목소리로 승낙할 수밖에 없었다.

"하, 하겠습니다, 승상."

욕심에 눈먼 자의 선택.

마한지의 선택에 황충모는 크게 기뻐하며 답했다.

"잘 선택했네. 내 자네에게 정예 병사 이백을 붙여줄 테니 반드시 상철지의 목을 베어 와야 하네."

"명을 받들겠습니다, 승상."

부귀영화와 야망 때문에 운씨세가를 팔아먹은 상철지는 그 과오를 고스란히 마한지에게 받을 운명이다.

인과율(因果律)로 흘러가는 세상의 이치.

이원생에게 당한 지 만 하루가 흘러가는 상황에서 황충모의 장원에서는 다시금 다수의 병사들이 어디론가 이동을 준비하고 있었다.

—황궁. 요랑의 처소

'요즘 따라 왜 이러는 거지? 그 늙은이가 나에게 약이라도 썼나?'

요랑은 여러 번 문전방과 마주쳤다.

그동안 황궁에 드나들면서 얼마나 많은 횟수를 본 건지 기억도 나지 않을 만큼 말이다.

'왜 그 늙은이만 보면 머리가 이토록 깨질 듯이 아파오는 거지?'

고운 아미를 찌푸리면서 문전방에 대한 생각을 정리하는 요랑이다.

이때껏 자신의 얼굴과 몸을 보며 치근거리는 눈빛만 보아오던 요랑이다.

물론 그것은 자신이 유도한 것이다.

그러나 문전방의 눈빛만은 유독 남달랐다.

측은함과 애절함이 느껴지는 따스한 느낌.

결코 요랑을 탐하고자 하는 것이 아닌, 마치 따스하게 품어주는 그런 것이다.

'마치… 마치 내 부모…….'

"아아악! 머, 머리가!"

현재 요랑은 심령이 제어가 된 상태였다.

당연히 문전방에 대한 기억을 허락할 리 없었다.

요랑은 깨질 듯이 아파오는 머리를 감싸 쥐고는 눈을 질끈 감고 생각했다.

'지금 이런 것을 생각할 때가 아니야. 후우후우! 그 늙은이에 대한 생각은 나중에 해도 돼.'

그녀는 자신을 추스르면서 깊이 심호흡을 하고는 의자에 걸터앉았다.

"후우으으으, 처리할 일도 많은데 쓸데없는 생각을 하다니……."

혼잣말을 중얼거린 그녀는 찻물을 조용히 목으로 넘기면서 황충모에 대해 생각하였다.

'고집만 남은 그 늙은이에게 호락호락 허리를 굽힐 명교가 아니지. 호호호!'

황충모와의 거래가 명교에게 있어서는 그 어떤 것보다도 우선시되는 목표이다.

하지만 잠자코 황충모가 원하는 것을 들어준다면 명교는 교가 원하는 것도 얻지 못하고 결국 그에게 이용만 당하다가 버려질 것이 분명하였다.

그래서 요랑은 다시 계획을 세웠다.

고개를 숙이고 들어가는 것만이 능사는 아니라고 판단하였다.

황충모가 고개를 숙이고 들어간다고 해서 호락호락하게 말을 들어먹을 사람이 아니라고 짐작한 것이다.

요랑의 계획은 정확하게 맞아떨어져 갔다.

이제는 황충모의 애간장이 타들어가기만을 기다리는 것뿐 그녀가 할 수 있는 일은 없었다.

'기다리는 것이 인생사 중에 가장 고역이라고 하더니 거짓이 아니었어. 후후.'

요랑은 쓰게 웃으면서 이마를 쓸어 넘겼다.

명교도 상황이 상황인지라 황충모와의 거래를 지지부진 끌지 않고 빨리 마무리 지으려고 하였다.

그래야지 고무만 이후로 막혀 버린 숨통이 좀 트일 것이 아닌가.

고무만 사건 이후로 천중상은 겉으로는 아무런 조치를 취하지 않는 것처럼 보이지만 결코 가만히 앉아 있는 것이 아니었다.

하루가 멀다 하고 정찰을 하고 염탐하며 간자를 보냈다.

심지어 명교가 중원에 뿌려놓은 지방 곳곳의 분타를 소리 소문 없이 지도에서 지워 버리기도 하였다.

그 솜씨가 얼마나 신묘한지 명교는 손 놓고 바라보고 있을 수밖에 없었다.

이러는 와중에 황충모와의 거래마저 무산되어 버린다면

명교의 입장, 그리고 요랑의 현재 상황은 최악으로 치닫게 될 것이다.

그런데 이런 상황에서 문제를 해결하는 방법이 오로지 기다림뿐이라니.

요랑은 바짝바짝 타들어가는 입술과 속을 연신 찻물로 식힐 뿐이다.

달그락달그락.

아무 죄 없는 찻잔만을 이리저리 만지작거리며 요랑은 초조한 마음으로 황충모의 전갈을 기다렸다.

"후우우, 오늘도 허탕인가? 하긴 그 늙은이가 쉽사리 고집을 꺾으면 이런 방법도 쓰지 않았겠지. 하아아!"

한숨도 자주 하면 늘어난다는 것을 증명해 보이면서 요랑은 창밖에 화창하게 떠 있는 해를 그저 멍하게 쳐다보았다.

그러던 와중에 밖에서 시끄러운 소리와 함께 급박한 발자국 소리가 들렸다.

요랑은 그 소리에 여자의 직감으로 알아차렸다.

'설마 이렇게 빨리? 그것도 저렇게 다급한 발자국 소리라니…….'

그녀는 눈을 가늘게 뜨고는 서서히 커지는 발자국 소리에 집중하였다.

곧이어 긴박한 발자국 소리가 멈추고 요랑의 처소 밖을 지키는 무사의 목소리가 들려왔다.

"누구냐? 신분을 밝혀라!"

"허억! 지금 당장 안에 고하시오! 헉헉! 승상의 전갈을 가지고 왔다고 말이오!"

얼마나 급하게 뛰어왔는지 숨을 고를 시간도 없이 하는 남자의 말에 무사는 어리둥절해하며 말했다.

"잠, 잠시 기다리시오! 일단 말을 전하고 오겠으니!"

"후우! 급한 전갈이오니 빨리 부탁드리오!"

요랑의 처소를 지키는 무사는 이내 요랑이 묵고 있는 방으로 다급히 뛰어가 물었다.

"대장로님, 밖에 승상의 전갈을 가지고 온 자가 있습니다. 어떻게 하시겠습니까?"

요랑은 무사의 말에 고개를 천천히 끄덕이며 말했다.

"들여보내라. 그리고 이야기가 끝날 때까지 아무도 들이지 말거라. 알겠느냐?"

"알겠습니다, 대장로님!"

잠시 후 숨을 고르고 헝클어진 옷을 단정히 한 황충모의 수하가 요랑의 방으로 들어왔다.

요랑은 그를 보고 잔잔하게 웃으면서 자리를 권하였다.

"그래, 이쪽으로 앉으시지요."

"그럼 사양치 않겠습니다."

황충모의 수하는 거절치 않고 바로 자리에 앉았다.

그것만 보아도 지금의 황충모의 심정을 대변하는 일이라 생각하는 요랑이다.

'도대체 얼마나 급박한 일이기에 지금껏 눈길 한번 주지 않던 늙은이가 이렇게까지 하지?'

요랑은 짐짓 속내를 드러내지 않고 차를 권하며 말했다.

"모습을 보아하니 많이 지치셨나 봅니다. 여기 좋은 차라고 하지는 못하겠으나 일단 이것으로나마 목을 좀 축이시지요."

쪼르륵.

수하의 앞에 놓인 찻잔에 찻물이 서서히 차오르기 시작한다.

그러나 황충모의 수하에게는 그 시간도 아까울 지경이다.

"호의에 감사하옵니다. 하나 지금 제가 차를 받을 겨를이 없는 터라 먼저 승상의 전언을 전하여도 괜찮겠는지요."

능숙하게 하는 수하의 말에 요랑은 차분하게 웃음을 지으면서 따르던 찻물을 멈추곤 대답했다.

"호호, 이것 참, 이리도 재촉을 하니 괜스레 대답을 받는 제가 무섭습니다. 호호호! 그래요. 말씀하세요."

요랑의 승낙이 떨어지자 수하는 지체없이 황충모의 뜻을 전하기 시작하였다.

"승상께서 자신이 하는 일에 힘을 보태주신다면 명교에서 제안한 거래를 충실하게 받아들이겠다고 하셨습니다."

"흠?"

수하의 말에 요랑은 한쪽 눈썹을 치켜 올리면서 의외라는 반응을 보였다.

요랑이 제시한 거래 내용은 한눈에 보아도 명교가 이익을 보는 것이 명확하다.

한데 거절은커녕 긍정적인 답변과 동시에 힘을 보태달라니.

그녀는 궁금해졌다.

도대체 어떤 일이기에 황충모 같은 사람의 고집을 꺾을 정도인지 말이다.

요랑은 잔잔한 미소를 머금고 황충모의 수하에게 말했다.

"호호호, 승상께서 어지간히 급하셨나 봅니다. 이 누추한 사람에게까지 손을 벌리시다니요."

"…그럼 승낙하신 겁니까?"

"호호, 일단 들어보기는 하지요. 도대체 어떤 고민거리가 승상에게 있는지."

거래라면 수없이 해본 요랑이다.

다짜고짜 무엇인지도 모르고 수락한다면 지금껏 요랑이 겪어온 세월이 무색해지는 일이다.

요랑의 말에 황충모의 수하는 별다른 방법이 없었다.

이윽고 수하의 입에서는 요랑의 잔잔한 얼굴이 순식간에 구겨지는 말이 튀어나왔다.

"무림맹을 기습하는 것입니다."

"……?"

"이미 저희 쪽 병사 이백이 무림맹으로 이동하였습니다. 만약 명교에서 일부 지원을 해준다면……."

수하의 말을 끊으며 요랑은 냉정하게 말했다.

"승상이 노망이 나셨나 보군요. 거래는 없던 것으로 하겠습니다. 돌아가세요."

요랑의 반응은 익히 예상했던 수하이다.

그는 요랑에게 계속해서 말을 이어나갔다.

"지금 승상의 말을 거절하시게 되면 이후에는 명교의 어떠한 거래도 받아들이지 않고 또한 황실에서 철저하게 명교를 배척하겠다고 하셨습니다."

파직!

수하의 말에 요랑은 들고 있던 찻잔을 세게 움켜쥐었다.

그녀는 아까의 평상심을 지키던 말투와 다르게 살기를 내뿜으며 말했다.

"감히 지금 나에게 협박을 늘어놓는 것이냐?"

요랑의 말에 수하는 이빨을 다물고 온몸을 찌르는 듯한 살기를 참아내며 말을 이었다.

"혀, 협박이 아니라 승상의 진심 어린 충고이십니다."

누가 봐도 협박이었다.

그러나 다르게 해석해 보면 그만큼 황충모의 사정이 얼마나 급박한지 알 수 있는 대목이기도 했다.

요랑은 저울질을 하였다.

과연 무엇이 더 자신에게 도움이 되는지 말이다.

'지금 황충모의 사정을 들어보아선 썩은 동아줄이라도 잡는 심정일 거야. 후후후. 한데 무림맹이라니, 정말 골치 아픈 일을 들고 왔어.'

명교의 입장에선 무림맹은 결코 쉬운 상대가 아니었다.

만약 일이 틀어지거나 잘못되기라도 한다면 다시금 전쟁이 벌어질 수도 있는 상황이다.

'이런 일이 아니라면 내가 제시한 거래도 이렇게 순순히 받아들이지 않았을 테지.'

요랑은 살기를 지우면서 넌지시 수하에게 물었다.

"도대체 무림맹에 승상이 무슨 볼일이 있다는 것이냐?"

"별것은 없습니다. 그저 명교에 바라는 것은 무림맹의 시선을 분산시켜 주는 것뿐, 그 이후의 일은 저희가 알아서 처리한다고 전해 달라 하셨습니다."

"그러니 소란을 떨어달란 말이더냐?"

"그렇사옵니다."

사실 황충모의 속셈은 다른 데 있었다.

어찌 되었던 무림맹을 기습하는 일이다.

이 일이 잘 풀릴 수도 있지만 만약 그러지 않는다면 희생양이 필요한 법.

황충모는 그 희생양으로 명교를 선택한 것이다.

그저 밖에서 명교가 소란만 떨어준다면 무림맹에서 자신을 습격한 것이 누구라고 여기겠는가?

가히 세월을 공으로 먹지 않은 황충모였다.

이러한 황충모의 계략을 미처 예상치 못한 요랑은 수하의 말에 깊이 생각해 보았다.

'흐흠, 그래? 그저 소란만 피워주면 된다는 말이로군. 그렇다면 외곽에 있는 무사들만 상대해 주고 피하면 되겠어. 호호! 그래, 그러면 되겠어. 어차피 외곽 무사들은 무림맹에 있어 있으나마나 한 병력이 아닌가. 흔적을 깨끗하게 지운다면 별문제 없겠지.'

요랑은 생각을 마치고 황충모의 수하를 노려보며 입을 열었다.

"만약 우리가 승상의 일에 도움을 준다 치자. 하면 거래 내용을 어떻게 지킬 것이더냐?"

표독스러운 요랑의 말에 수하는 품 안에서 서신 하나를 꺼내 들었다.

부스럭. 척!

"이것은 승상이 직접 수결하신 명교의 거래서요. 명교가 움직이는 즉시 이것을 내어드리겠소이다."

"호호호, 그래? 좋다. 그러면 승상이 원하는 대로 무림맹의 시선을 끌어주도록 하마. 하지만 만약 승상의 일이 성공을 하던 실패를 하던 간에 약속을 지키지 않는다면 그 뒤는 알아서 생각하는 것이 좋을 것이다. 내 말이 무슨 뜻인지 잘 알겠지?"

망설임없이 진득한 살기를 담아서 하는 요랑의 말에 수하는 침을 크게 삼키면서 고개를 끄덕거렸다.

요랑은 그런 겁먹은 모습에 크게 만족해하며 밖에 대기하고 있는 호위무사를 불렀다.

"지금 당장 명교의 구명우 대장로에게 알려라! 해줘야 할 일이 있다고 말이야! 호호호!"

그녀의 웃음이 나직하게 방에서 흘러나가고, 곧이어 명교의 본산이 있는 곳으로 전서구 한 마리가 힘차게 날갯짓을 하며 날아올랐다.

황충모와 명교의 연합.

과연 이 일의 끝은 어떻게 마무리될 것인지 아무도 예상하지 못하는 가운데 조용히 시간은 흘러갔다.

第三章

—이원생

"너 그거 아냐?"

무림맹으로 향하는 마차 안에서 상처를 치료하고 있는 정육에게 물었다.

그러자 정육이 놈이 시큰둥한 눈으로 날 쳐다보며 말했다.

"도무지 무엇을 물어보는지 알 수가 없소이다. 윽!"

질끈!

난 녀석의 상처 난 어깨에 붕대를 조이면서 말했다.

"지금까지 무림맹으로 오는 도중 네놈이 나에게 도움될 만한 짓을 단 한 번도 하지 않았다는 것을 아냔 말이다?"

심지어 이놈은 밥 한 번을 안 했다.

쓰러져 있을 때도 내가 육포를 구워서 먹였지, 내공 회복한 답시고 객잔에서 쉴 때도 외상으로 밥 먹었고 말이다.

내 말에 정육이 놈은 고개를 푹 숙였다.

그래도 제 잘못을 알긴 아나 보군.

나는 그런 정육의 모습에 얼굴을 찌푸리며 입맛을 다시고는 다시 녀석의 상처에 집중하였다.

그래도 오른팔을 아주 못 쓰게 될 형편은 아니어서 대충 지혈만 하고 나중에 무림맹에 가서 실력 좋은 의원에게 보이면 될 것 같았다.

스륵, 스윽.

천으로 녀석의 피 묻은 팔을 닦아주니 더 이상의 상처는 보이지 않았다.

나는 정육에게 물 묻은 천을 던져주며 말했다.

"야, 이제 네가 닦아."

휙.

"아무리 그래도 환자에게 던지는 건……."

뚫린 입이라고 말하는 정육이 놈의 뒤통수를 때려주며 말했다.

따악!

"내가 네놈 수발드는 사람이냐? 장하현에서 출발하고 나서부터 챙겨줬더니 이제 밥까지 떠먹여 달라고 하겠네?"

"큭! 아, 아프오."

"아픈 걸 아는 놈이 몸을 이따위로 굴려? 에라이, 한 대 더 맞아라!"

딱!

난 녀석의 뒤통수를 시원하게 한 대 더 갈겼다.

제 주제도 모르고 목숨 아까운 줄도 모르는 놈의 정신 상태는 미리미리 손봐놔야 한다.

그래야지 후환이 없는 법.

흠, 그나저나 곧 숨넘어가게 생긴 저 상철지라는 놈도 일단 숨은 붙여놔야지 나중에 써먹지.

상철지 쪽으로 몸을 움직여 상태를 훑어보았다.

사지 멀쩡한 데가 없는 것은 애초부터 알고 있었고, 단지 중요한 것은 내가 필요한 만큼 살아주느냐 하는 것이었다.

"쌔액쌔액."

가는 숨을 몰아쉬는 것을 보니 잘하면 오늘 밤도 못 넘기겠군.

이거 내가 아는 방법으로는 살릴 수가 없을 것 같은데?

기껏해야 할 수 있는 것이라고는 부러진 뼈를 접골시키는 거나 상처 부위를 잘 아물게 하는 것이 전부인데.

지금 상태를 보니 외상이 아니라 내상을 심하게 입은 것 같아 보인다.

당장 의원에게 진료를 받는다면 살 수 있겠지만, 아직도 무림맹과의 거리는 얼추 하루 정도 남아 있는 상황.

하지만 내가 왜 그런 귀찮은 짓을 해야 하는가.

더군다나 이놈은 아까 자기가 한 말마따나 지금 내가 하는 모든 귀찮은 일의 원흉인 것을.

목숨이 질기다면 무림맹으로 들어가기 전까지는 숨이 붙어 있겠지.

나는 상철지의 상황 파악을 끝낸 후 다시 정육이 있는 곳으로 가서 엉덩이를 붙이고 앉았다.

그러자 녀석이 나에게 진중한 목소리로 물어왔다.

"저놈은 얼마나 살 것 같소?"

숨길 것도 없다 싶어서 사실대로 말해주었다.

"오늘을 넘기면 살고 못 넘기면 죽는 거지."

"…그렇소이까?"

녀석의 말투에서 못내 아쉬운 여운이 흐른다.

아직도 더 패야 직성이 풀리려나 싶어서 녀석에게 물었다.

"왜? 네 손으로 숨을 끊어놔야 직성이 풀리겠냐?"

나의 말에 정육은 긴 한숨을 내쉬며 고개를 마차 벽에 기대면서 내 물음에 대답해 주었다.

털.

"솔직히 복수를 하면 무언가 풀릴 것 같았소. 가슴속을 먹먹하게 죄어오는 무언가가 시원하게 나갈 것 같았고 말이오."

갑자기 푸념 섞인 소리를 해대는 정육의 대답에 나는 입맛을 다시면서 들어주기로 하였다.

어차피 무림맹에 들어가려고 하면 길고 긴 시간을 보내야한다.

저런 푸념 정도야 들어줘도 상관없겠지.

"쩌업! 그러냐?"

시큰둥한 대답이었지만 정육은 상관없다는 듯이 계속해서 말을 이어나갔다.

"운씨세가의 일이 벌어진 후 내 인생은 송두리째 바뀌었다고 생각했소. 지켜야 할 대상이 있었지만 속에서 타오르는 분을 삭일 생각은 없었으니 말이오."

"얼씨구! 잘하는 짓이다. 그럼 운씨 자매는 누가 돌보고?"

"정말 그때는 아가씨의 일조차 손에 잡히지 않았소. 그저 상철지 저놈만 죽이면 된다고 생각했소이다. 저놈을 죽이고 저놈의 목을 가주의 무덤에 바칠 생각밖에 내 머리에는 그 어떠한 것도 들어 있지 않았소."

녀석의 말에 난 뒤통수를 긁적거리며 말했다.

"한데 그 생각이 왜 바뀐 거야? 그냥 그대로 일 처리를 했으면 나도 이렇게 먼 발걸음 안 했을 텐데."

본심은 아니지만 귀찮은 것만은 사실이다.

하아, 나의 이 솔직함을 좀 다스려야 하는데 말이야.

평소라면 이런 말에 버럭 달려들었을 놈이 실없이 웃으면서 내 말에 대답해 주었다.

"하하, 그렇소. 차라리 그때 상철지 저놈과 같이 죽었으면 내 마음도 편하고 포두님도 편했으련만. 후우우."

"…아무튼 그래서?"

"그래서 상철지를 쫓아서 누구의 밑에 있다는 사실까지 알아냈고, 나는 최소한 같이 동귀어진할 자세로 그놈을 찾아갔소이다. 그러나 그때 그 모습을 보아버렸소이다. 그 모습을……."

심각한 이야기를 하는 것은 좋은데, 괜히 사람 궁금증을 유발시키지는 말란 말이다!

나는 아무런 말도 없이 녀석의 말에 집중하였다.

"……."

"그 모진 고통을 당하고서도 부모가 역모에 휘말려 제대로 된 묫자리 하나 없는데도 불구하고 아가씨들은 힘든 내색 한 번 하지 않고 가주의 무덤을 그 가녀린 손으로 만들고 또한 그 묘를 살뜰히 보살피는 그 모습을 말이오."

운씨 자매가 착한 것은 알았지만 말을 들어보니 착한 정도가 아니라 거의 백지장 같은 마음을 가지고 있다는 것을 알 수 있었다.

본시 사람이라는 게 자신이 힘들면 만사가 다 싫어지는 법이다.

더욱이 운씨 자매는 부모를 원망할 법도 한데 그 내색 한번 하지 않고 기일만 되면 쉬지 않고 찾았다니.

기특한 것들.

나는 심각한 표정을 짓고는 가만히 고개를 끄덕거리면서 팔짱을 끼었다.

그러자 정육은 자신의 왼손을 굳세게 쥐고는 다짐하듯이 말했다.

"그 모습을 보자 제 마음 한구석에 자리 잡고 있던 그 타오르는 분기가 씻은 듯이 사라져 버렸소. 그리고 정신이 들었소. 지금 중요한 것은 상철지에 대한 복수가 아니라 아가씨들이 먼저라고 말이오."

"그렇지. 그렇지."

"그 이후부터는 상철지에 대한 마음을 접었고, 나는 아가씨들의 안위만을 위해서 살아온 것이오."

"그러면 상철지에 대한 복수는 접은 거냐?"

"보고도 모르시오. 난 아가씨들에 대해서 생각을 다시 한 것이지, 복수를 접은 것은 아니오."

하긴 복수의 마음도 없는 사람이 사람을 저 지경으로 만들어놓았겠느냐만.

나는 녀석에게 물었다.

"그럼 아까 복수를 했는데도 무언가 찜찜하다는 말은 뭐였냐?"

원래 그 이야기를 하려고 한 게 아니었나?

갑자기 자기 살아온 이야기를 해서 논점이 흐려지긴 했는데, 원래 저놈이 말하려는 바가 복수를 했는데도 뭔가 개운한 기분이 아니라는 것이다.

정육이 나의 물음에 자신도 모르겠다는 듯이 고개를 가로저으면서 말했다.

"확실히는 모르겠소. 아마도 실제로 복수를 하고 나니 무언가 휑한 마음이 있었나 보오."

"시시하기는."

괜히 뭔가를 기대한 내 잘못이다.

에잉, 그래도 복수를 했으면 분기에 차올라서 지금이라도 상철지 저놈의 목을 베겠다는 둥, 아니면 오장을 씹어 먹는다는 둥 그래야 재밌을 것 아닌가.

재미없는 놈 같으니라고.

음, 생각해 보면 언제는 정육이 재밌었나 싶기도 하고.

나는 그대로 드러누워 팔베개를 하고 다리를 쭉 뻗었다.

무림맹에 도착할 때까지 잠이나 늘어지게 자자고 맘먹었기 때문이다.

하지만 나의 이런 결정은 정육에 의해서 방해를 받았다.

"포두님은 복수를 해보셨소?"

"……."

복수라……, 많이 해보기는 했지.

죽어간 전우의 복수,

함정에 빠져 날 빼내고 대신 죽은 스승의 복수,

나만은 살아남아야 한다면서 자기 목숨 귀중한지 모르고 내 앞을 가로막고 죽어간 부하들의 복수.

생각해 보니 너무 많이 복수를 해서 보복인지 복수인지 이제는 헷갈린다.

내가 아무 말도 안 하고 조용히 있자 정육이 다시금 내게 물어왔다.

"짐짓 기분이 좋아야 할 것인데 이 막힌 기분은 도대체 무엇인지 모르겠소."

시끄럽네. 내가 잠을 자려고 하는 모양새가 보이지 않더나?

보통은 이런 모습을 보이면 입을 닫고 쉬는 것이 정상인데 말이야.

후우!

이러다간 정육이 계속 말시킬 것 같아 나는 여전히 누워 있는 상태로 친절하게 대답해 주었다.

"왜? 복수가 아닌 거 같아?"

"…그건 아니오만……."

"그래, 사람이라는 게 원래 목적을 이루고 나면 잠시 멍하고 먹먹한 거야."

막상 소원이나 꿈을 이루고 나면 오히려 덤덤해져 버린다.

그것을 이루기 위해 자신의 모든 것을 바쳤다.

한데 그걸 이루고 난 다음 이제 자신이 해야 할 일이 무언인가를 알 수 없게 되어버린다.

나의 뜻 깊은 말에 정육은 감동했는지 고개를 주억거리면서도 내 말에 토를 달았다.

"복수가 원래 목적이 아닌데도 말이오?"

"무슨 소리야? 복수만큼 명확한 목적이 어딨는데. 평생을 쫓아다니면서 저놈만을 죽일 거라는 게 어디 쉬운 일인 줄 알아?"

세상에 쉬운 일은 하나도 없지만 그중에서 제일이 복수다.

어떤 방식이 되었든 어떤 방법이 되었든.

복수의 대상자에게 고통과 슬픔, 그리고 좌절을 선사하는 게 보통 어려운 일인 줄 아는가?

"처음 말했듯이 원래는 상철지를 처리하는 것이 본래 바라던 바였지만, 그 중간에 목적이 바뀌었는데도 말이오?"

"원한이 그렇게 쉽게 잊혀지냐? 만약 원한이 쉽게 잊힌다면 전쟁이 날 필요도 없고 사람들에게 다툼이 날 경우도 없겠지."

"하지만……."

"시끄러. 복수를 했으면 이제 두 다리 뻗고 잠이나 자면 되는 거야. 쓸데없는 생각 말고 몸이나 회복해."

난 정육에게 쏘아붙이고 나서 몸을 돌려 다시 잠을 청했다.

그러자 정육도 더 이상 나에게 물어보는 것을 포기했는지 자리에서 부스럭대며 잠을 청하기 위해 몸을 눕혔다.

젠장. 한데 잠이나 자라고 멍석을 깔아준 내가 도리어 잠이 오지 않는다.

에이, 저놈이 쓸데없는 것만 물어보지 않았어도.

나는 자리에서 몸을 조용히 일으켜 마차 밖으로 나갔다.

다행인지는 몰라도 정육이 녀석은 완전히 곯아떨어져 내가 나가는 소리조차 듣지 못한 듯했다.

거기다 상철지라는 놈도 결박을 해둔 덕에 둘만 있어도 별문제 없어 보였다.

하긴 애초에 움직이지도 못할 놈을 결박은 뭐하러 해놨나 싶기도 하다.

끼익.

경첩에서 낡은 문소리가 나면서 문이 열렸다.

마치 밖으로 나가니 나의 소중한 늑대들이 눈썹을 휘날리며 마차를 끌고 있는 모습이 보인다.

녀석들, 쓸모가 많아 보이는데 화정 소저에게 싸게 넘길까?

얼추 녀석들의 몸값만 따져보아도 황금 댓 냥은 나올 것이다.

흐흐, 그럼 그걸로 평생 술과 벗하면서 살아도 충분하겠지.

어차피 내가 데리고 가면 쓸데없이 먹이 값도 만만치가 않고 살 곳도 만들어줘야 하지 않는가.

나는 생각이 거기까지 미치자 갑자기 행복한 기분이 들었다.

이 쓸데없는 고생에 대한 보답이라고 생각하니 더욱더 저 개새, 아니, 늑대들의 존재가 고마워지는 순간이다.

두두두!

"으아아아! 시원하군."

마차의 크기가 웬만한 작은 집 한 채 규모에 맞먹는 데도 불구하고 늑대들은 아무런 거리낌없이 앞을 헤쳐 나갔다.

어느 정도 속도도 나는지 시원하고 차가운 바람이 내 몸 곳

곳으로 파고들었다.

기지개를 늘어지게 켜고는 따라붙은 다른 마차들을 천천히 둘러보았는데, 마침 화정 소저와 눈이 딱 마주치지 않는가!

음, 뭔가 어색하군.

여자가 나를 뚫어지게 쳐다보는 것은 장하현 길가에서 포두복을 입지 않고 걸어 다닐 때 범인으로 오해 받을 때 빼고는 없는데 말이야.

화정 소저와 눈이 마주치자 어색한 시간이 흘렀다.

마차가 빠르게 달리고 있었지만 당장에라도 화정 소저 곁으로 갈 수 있었다.

하지만 그리하려면 경공을 써야 하는데 지금껏 무공을 숨기기 위해 고생한 걸 물거품으로 만들 순 없었다.

나는 머리를 긁적거리면서 어색하게 웃어 보였다.

그러자 화정 소저도 고개를 이리저리 어색하게 돌리면서 살짝 수줍은 듯이 몸을 비틀었다.

나, 나에게 저런 반응을 보이다니!

요즘 들어 갑자기 여자 복이 터지는 것 같아 당황스럽기 그지없다.

예린 소저도 그렇고 화정 소저도 그렇고.

설마하니 내 돈을 노리는 건가?

아니면 내가 누군지 알고 나에게 있는 권력을 노리는 것인가?

내 얼굴 보고 반했다는 둥 그런 헛소리는 집어치우고 침착하고 차분하게 생각을 해보았다.

그리고 한 가지 결론을 내렸다.

하하하하하! 뭐 어때서? 그래, 돈이고 권력이고 줘버리지! 하하하하!

지금 이 순간을 즐기자, 원생아!

의심 따위 해서 무엇 하느냐, 저런 미녀가 나에게 저런 모습을 보이는 것도 평생에 한번 있을까 말까 하는 일인데 즐겨야지.

나는 굳은 결심을 하고 화정 소저를 뚫어지게 쳐다보았다.

보통 내가 여자를 이런 식으로 쳐다보면 신고하고 그러는데, 여기는 신고할 곳도 없거니와 화정 소저도 싫지 않은 느낌이지 않은가.

살짝 예린 소저가 떠올라 죄책감이 느껴졌지만, 어차피 같이 있지도 않은데 무슨 상관이더냐.

현실에 충실해야지.

내 주제에 왠지 양다리 걸치는 것 같아서 괜스레 흥분이 되었다.

중원 제일의 무공 실력을 가지면 뭐하겠는가.

뭐? 옛말에 영웅은 호색이라 일부다처는 기본이라고?

어느 놈이 그 말을 했는지 몰라도 때려죽여야 한다.

영웅은 됐는데 여자라고는 코빼기도 보이지 않았다.

살다 살다 기녀가 있는 기루에 가서 내 무용담을 들려줘도, 돈을 주어도 오지 않던 여자가 아닌가!

그런 나에게 양다리라니! 양다리라니!

물론 예린 소저나 화정 소저나 정식으로 사귀는 것도 아니라서 양다리라고 주장하는 것은 나뿐이지만, 그래도 기분이라도 즐기고 싶은 마음이다.

상원이의 마음을 조금은 이해하고 싶은 그런 느낌이랄까.

화정 소저는 내가 계속해서 빤히 쳐다보자 부끄러운 듯 고개를 숙이고는 마차 안으로 쏙 들어가 버렸다.

부끄럽다고 생각하는 게 맞을지는 몰라도 화가 난 듯 보이지는 않았으니 수줍어한다는 것이 내 생각이 맞을 것이다.

후후후.

어머니, 감사합니다. 절 세상에 나오게 해주셔서.

두두두두!

나의 착각인지 망상인지 확인되지 않은 생각을 뒤로하고 마차는 하염없이 무림맹을 향해서 지축을 흔들며 맹렬히 나아가고 있다.

이런 속도를 유지한다면 아마도 내일 아침쯤이면 무림맹

초입에 들어설 것이다.

그러면 운씨 자매의 일도 거의 마무리에 접어들어 간다.

어차피 무황 어르신은 나에게 빚진 것도 많으니 잘 설득만 시킨다면 날인을 받는 것은 일도 아닐 것이다.

그 이후에는 부림맹을 나와 다시 장허현으로 돌아와서 운씨 자매를 거두면 끝이다.

그 이후로는 나는 술 마시고 뒹굴면서 상원이 녀석에게 외상값을 하늘 끝까지 달아놓고 편안하게 노후를 보내면서 그렇게 늙어 죽을 것이다.

만약 나의 이런 삶을 방해하고 가로막는 사람이 있다면?

피해가야지 별수 있나.

"으아아하아암! 크으!"

다시 늘어지게 기지개를 한 번 더 켜고 나는 다시 잠을 청하러 마차 안으로 들어갔다.

내일 일은 내일 또 생각하지.

—초계단. 외인대

"이게 무슨 말도 안 되는 인사이동입니까?

무림맹 외곽 중에서도 초입을 담당하는 한 부서에서 울려 퍼진 남자의 외침에는 분기가 가득 차 있었다.

날카로운 얼굴에 냉정한 눈매를 지닌 그 남자는 자신의 앞에 떡하니 앉아 있는 사람인지 두목 원숭이인지 구별이 가지 않는 남자를 뚫어지게 쳐다보고 다시 말을 이었다.

"저희 외인대가 본가에서는 애들 장난으로 보인답니까!"

그러자 사람인지 두목 원숭이인지 정체를 알 수 없는 남자는 털털하게 웃으면서 대답했다.

"허허! 명호야, 쓸데없이 화내면 주름 많이 생긴다!"

날카로운 예기를 품은 그 남자의 이름은 배명호.

그렇다.

지금 이곳은 무림맹의 초계단이 있는 남궁가의 외인대였다.

명호는 남궁철의 개풀 뜯어 먹는 소리에 버럭 소리를 질러 댔다.

"정신이 있는 거야, 없는 거야! 여기서 갑자기 주름 이야기가 왜 나와!"

명호의 울컥하는 소리를 듣고서 남궁철 옆에서 특유의 무표정한 얼굴을 자랑하는 다소 얄밉게 생긴 일규가 자신의 얼굴에 피부에 좋다는 꿀을 찍어 바르면서 대꾸했다.

"그래서 명호 조장을 사타구니 불결한 사람이라고 하는 겁니다. 남자도 꾸밀 때는 꾸며야 하는 거죠."

남궁철도 일규의 말에 고개를 끄덕거리면서 말했다.

"그래, 명호야, 요즘 들어 너 피부가 많이 상했더라. 우리 외인대가 일만 너무 열심히 한다는 인상을 심어줄 수가 있단다."

명호는 남궁철과 일규의 말에 목에 핏대를 세우면서 말했다.

"일이나 하고 말해, 이 바보들아!"

명호의 말은 틀린 말이 하나도 없었다.

말이 초계단이지 하는 일이라곤 무림맹에 들어오는 사람들을 간단하게 조사하고 짐을 들어서 무림맹의 본대에 전해 주는 것뿐이다.

또한 사람들을 간단하게 조사한다고는 해도 어차피 호패만 검사하고 나머지 신원 파악은 따로 무림맹 본대에서 다시 한 번 검사를 하니 결국 외인대는 짐꾼이었다.

한마디로 이야기하자면 문지기 정도 되는 상황.

당연히 강호에서 잔뼈가 굵은 외인대가 맡기에는 뭔가 문제가 많아 보였다.

뭐, 문제가 많아 보이기는 해도 그 문제를 제기하는 것은 오로지 외인대의 일조장인 명호뿐이지만.

남궁철은 울컥해서 말하는 명호에게 차분하게 말했다.

물론 얼굴에 꿀을 찍어 바르면서 말이다.

덕지덕지.

"허허, 원래 모름지기 대주란 엉덩이가 무거워야 하는 법. 그래야지 다른 대원들이 쓸데없이 내 눈치를 보지 않지. 허허 허."

남궁철의 말에 일규도 손을 들어 긍정의 뜻을 내보이며 거들었다.

"찬성입니다. 허드렛일은 천하디천한 명호 조장이 하는 게 맞는다고 보입니다."

일규의 말에 명호는 검을 뽑아 들고 일규의 멱살을 낚아채면서 낮게 으르렁대며 말했다.

챙!

덥석!

"죽여 버리겠다! 이 생각도 미래도 없는 놈 같으니라고."

명호의 말에 일규는 멱살을 잡힌 채로 여전히 아무런 표정 없는 얼굴로 말했다.

"불결한 사타구니 만진 손은 씻고 죽여주십시오. 명호 조장의 그 XX에 닿은 손에 죽으면 제 영혼이 불결해지는 것 같습니다."

"이 자식, 아직도 그 소리야! 그리고 네놈의 그 허무맹랑한 말에 내가 얼마나 피해를 봤는지 알아?"

명호는 일규가 자기 멋대로 본가에 올려 버린 보고서 때문에 나중에 진실을 밝혔어도 얼굴을 들고 다닐 수가 없었다.

심지어 명호가 악수를 하거나 손으로 외인대의 대원들을 만지려고 할 때 찜찜한 표정을 짓는 대원들이 대다수였지 않은가.

그 일만 생각하면 당장에 일규의 목을 따버려도 시원치 않은 명호였다.

남궁철은 일규와 명호를 말리면서 말했다.

"허허, 그만하거라. 그리고 명호도 너무 부끄러워하지 말거라. 남자가 자신의 사타구니를 만질 수도 있는 거지. 하하!"

"애당초 대주 당신 때문에 일이 이렇게 틀어진 거 아니야!"

명호의 말이 백번을 생각해도 맞는 말이다.

모든 일의 원흉은 남궁철이지 않는가.

쓸데없이 이원생의 형수가 될 사람에게 작업만 걸지 않았어도 일이 이렇게 틀어지지는 않았을 텐데 말이다.

하지만 여기는 외인대였다.

상식으로 말이 통할 사람들이라면 명호가 이러지도 않았다.

"하하, 남자가 그런 쪼잔한 일에 너무 연연하는 것도 좋지 않아! 하하!"

"그렇습니다, 명호 조장. 그러니 그 사타구니를 만진 불결한 손은 제 눈에서 치워주면 좋겠습니다. 아니면 잘라 버리던 가요."

빠-직.

툭!

명호는 속에서 무언가가 끊어지는 소리와 함께 떨어지는 소리가 들렸다.

그것은 바로 이성이 끊어지고 정신이 떨어지는 소리였다.

"으아아아! 이것들아! 오늘 여기서 다 죽자!"

"하하! 며, 명호야! 지, 진정을!"

"명호 조장, 손은 씻고 검을 휘두릅시다."

활기찬 하루를 여는 초계단의 외인대였다.

배명호의 난(難)은 외인대의 정보를 맡고 있는 곽경환이 들어올 때 즈음 마무리가 되었다.

경환은 자신의 옆구리에 두툼한 서류 뭉치를 들고 난장판이 되어 있는 초계단의 집무실을 난감한 얼굴로 쳐다보며 명호를 보고 말했다.

"조금 있다가 올까요?"

경환의 말에 명호는 밧줄로 대주인 남궁철과 주일규를 집무실 한편에 묶어서 던져놓으면서 말했다.

쿵! 텅!

"끝났다. 들어와라."

"아, 예."

매일 보는 광경이라서 그런지 경환은 아무렇지도 않게 의자에 엉덩이를 붙이고 앉았다.

명호는 경환이 자리에 앉자 손바닥을 털고서 바로 물었다.

탁, 탁.

"그래, 내가 어제 말한 일은 알아보았겠지?"

"아, 물론입니다. 그래도 정보 빼오는데 고생이 이만저만이 아니었습니다."

생색을 내는 경환의 말에 명호는 영혼 없는 치하를 하면서 두통이 심한 듯이 이마를 쓸어내리며 말했다.

"수고했고, 어서 말해봐."

"쩝. 본가에서는 저희 외인대에 바라는 게 없습니다. 초계단도 가주께서 직접 지시를 하신 바이고, 내부적으로 누가 대주를 견제하는 움직임도 없었습니다."

"흠, 그래? 그럼 전적으로 가주께서 직접 말했다고 봐도 되겠군."

"현재까지 알아낸 바로는 그렇습니다."

명호는 경환의 말에 곰곰이 생각하였다.

'처음 초계단에 임무를 부여 받았을 때만 해도 남궁세가에서 대주를 몰아내려는 세력들이 견제하는 줄 알았는데 가주께서 직접 지시를 하셨다니. 흠.'

외인대의 대주인 남궁철은 명색이 남궁묵철의 아들이다.

또한 남궁철이 남궁묵철의 아들이라서 남궁세가의 차기 가주의 후계가 아닌, 실력으로 그 입지를 굳혔다는 점에서 더욱더 이번 초계단 발령은 의문이 든다.

'도대체 가주께서 무슨 생각으로 대주를 이런 곳으로 보냈을까? 지금부터 남궁세가에서 입지를 다져놓아도 늦었다고 보는 이런 판국에 말이다.'

명호의 생각은 적절하고 명확했다.

벌써 남궁철의 나이가 서른이 다 되어가는 시점이다.

지금껏 한직과 외부에서 겉돌 나이는 아니라는 것이다.

한 세가의 가주가 되려면 단지 현 가주의 결정만으로 올라서는 것이 아닌, 내부의 여러 장로와 원로의 의견을 모아 추서(追敍)되는 만큼.

남궁철의 입지를 다지기 위해서는 지금부터라도 남궁세가에서 행하는 모든 일의 요직을 맡아도 될까 말까 한 시점이다.

그런 가운데 뜬금없이 초계단을 맡기다니.

'바보 대주가 자리에 연연하지 않는다는 것은 알고 있지만 나 배명호의 주인 되는 사람이다. 내가 선택하고 따르는 사람이 가주에 오르는 것은 당연한 법.'

명호는 방금 남궁철을 밧줄로 묶어서 구석에 처박아놨다는 사실을 까맣게 잊어버린 듯했다.

언제부터 자신의 주인을 모시는 방법이 밧줄로 묶어서 안 보이는 곳에 쑤셔 넣는다는 뜻으로 통하는지는 모르겠으나 결코 명호는 남궁철에 대한 충성을 한시라도 잊어본 적이 없는 남자였다.

"세가에선 특별한 움직임이 없단 말이지."

경환을 앞에 두고 혼잣말을 하듯이 중얼거리는 명호에게 경환은 고개를 끄덕거리면서 대답해 주었다.

"그렇습니다. 본가에서는 조용하던데요."

"흠, 대주가 겨우 초계단에 발령이 났는데도 불구하고 아무런 반발이 없다는 게 이상한 노릇이지?"

왠지 경환에게 따지는 듯한 명호의 말에 경환은 고개를 갸웃거리면서 말했다.

"왜 그러십니까? 겨우 하루 만에 알아올 수 있는 게 이 정도면 대단한 것 아닙니까?"

"말이 안 되잖아! 세가에서 대주를 옹호하는 세력들이 이 문제를 가만히 보고 있겠냐는 말이다! 또한 대주의 어머니이신 그분이 손 놓고 있으실 분은 더욱더 아니고!"

명호의 말에 경환은 억울한 듯한 표정을 지으면서 외쳤다.

"제가 그럼 숨기기라도 한단 말입니까! 이러니 정보를 캐내오라고만 해놓고 시간은 쥐뿔도 안 주는데다가 많은 정보만 바라다니 제가 그렇게 유능했으면 외인대에 있겠습니까,

황실로 가지!"

경환의 말도 맞는 소리다. 그러나 그 소리를 이렇게 명호에게 할 말은 아니었다. 더군다나 이 자리에서 말이다.

명호는 경환의 말에 흐뭇하고 자비롭게 웃으면서 검을 뽑아 들었다.

챙!

"뭐라고? 내가 귀가 먹어서 그러니 다시 한 번 말해줘."

"제가 그런 협박에 겁먹을 줄 아십니까! 다시 한 번 말하겠으니 잘 들으십시오!"

"그래, 계속 말해라. 저승에서 떠들어도 들리는지 한번 보자."

스스스!

명호의 말이 끝나자마자 스산한 기운이 명호의 검끝에 서리기 시작하였다.

그 모습을 본 경환은 분위기 파악을 잘못했다는 생각과 함께 자신의 인생에 대해서 다시 되돌아볼 필요성을 느꼈다.

"자, 잠시만 기다려 주십시오! 제가 잠시 허언(虛言)을 했나 봅니다, 며, 명호 조장님!"

그러나 경환의 애타는 소리가 들릴 리 없는 명호였다.

명호는 검을 치켜들고 살기를 머금은 스산한 목소리로 경환에게 말했다.

"여보게, 저승에는 무엇을 들고 갈 것인가?"

"으. 으아아아아!"

외인대의 하루는 언제나 푸르고 화창하고 쾌활했다.

본인들은 인정하지 못하겠지만 말이다.

그렇게 명호는 자신이 생각했을 때 외인대의 쓸모도 없고 쓸 데도 없는 삼인방을 손봐주고는 초계단의 집무실에서 나왔다. 그리고 발걸음을 옮겨서 초계단이 주로 일하는 무림맹의 정문으로 들어섰다.

초계단의 일이라는 것이 매우 간단하고 또한 정문 경비만을 서는 것이기 때문에 명호의 눈에는 하찮게 보일 뿐이다.

누가 뭐라고 해도 외인대는 신명교 전쟁에서 활약한 남궁세가의 정예가 아닌가.

그 외인대를 겨우 무림맹의 문지기로 쓰고 있으니 명호의 입장에서는 답답할 뿐이다.

명호는 무림맹 정문에서 열심히 땀 흘리며 짐을 나르고 있는 외인대의 대원들을 쳐다보며 생각했다.

'저것들은 왜 저렇게 적응을 잘하는 거야?'

불평불만하지 않고 따라와 주는 것은 고맙게 생각하지만, 그렇다고 너무나 사람 좋은 웃음을 지으면서 일할 필요는 없다고 생각하는 명호다.

"하아아!"

왠지 외인대에 들어와서 한숨만 늘어가는 명호였다.

하지만 이내 정신을 차리고 가슴을 쭉 피면서 생각했다.

'언젠간 대주가 세가의 가주가 되고, 그날이 오면 우리 외인대는 더 이상 외인이 아니라 자랑스러운 남궁가의 일원이 될 것이다! 그러면 세상에 떳떳하게 우리의 이름을 알리며 살아갈 수 있겠지.'

외인대의 최종 목표.

그것은 다름이 아니라 세상에서 더 이상 남궁세가의 외인을 모아서 만든 집단이 아닌, 당당한 남궁세가의 사람으로 이루어진 집단이 되는 것.

바로 그것이 외인대가 지금껏 그 어떠한 역경과 수난을 이겨낼 수 있는 하나의 원동력 같은 것이다.

명호는 그것을 위해서 오늘도 힘차게 숨을 깊숙이 끌어 마시면서 자신의 일에 최선을 다하기 위해 몸을 움직였다.

"어서 오십시오. 하하! 무림맹에 오신 것을 환영합니다. 짐은 저에게 맡기시고 저쪽으로 올라가서 신분 확인을 하시면 됩니다."

당당하게 굽실대는 명호의 모습이 어딘가 서럽게 느껴졌지만 그것은 기분 탓일 것이다.

그렇게 외인대의 하루는 서서히 흘러가고 있었다.

第四章

―명교의 구명우

홍포사신 구명우는 천마대를 지도하면서 장하현에서 마주친 이원생의 모습이 갑자기 떠올랐다.

부르르!

구명우는 이원생의 모습이 떠오름과 동시에 한줄기 냉기가 등골을 오싹하게 만드는 것을 느끼면서 몸을 떨어대었다.

그 모습을 보고 천마대원 중 한 명이 구명우에게 물었다.

"대장로님, 몸이 안 좋으십니까?"

구명우는 특유의 웃음과 함께 별것 아니라는 듯이 대답해주었다.

"끌끌, 원래 나이를 먹으면 몸이 삭게 마련이지. 걱정들 하지 말고 수련에 집중하거라."

대장로인 구명우의 말에 명교에 이름을 올린 사람이라면 의심 따위는 할 수 없는 일.

천마대원들은 다시 각자 수련에 집중하기 시작하였다.

그 모습을 보면서 구명우는 왜 갑자기 이원생의 얼굴이 떠올랐는지 곰곰이 생각해 보기 시작하였다.

'끌끌, 나도 이제 죽을 때가 다 되었나 보군. 쓸데없이 그 악귀 같은 놈의 얼굴을 떠올리다니 말이야.'

이원생이 자신의 얼굴에 대한 평가가 악귀 같다는 것과 저자에 버려져 두어 번 밟힌 만두 같다는 것 중 어느 것을 마음에 들어하는지 심히 궁금하기는 하였지만 넘어가기로 하자.

구명우는 뒷목을 잡고 서서히 쓸어내리면서 계속 생각을 이어나갔다.

'나도 이제 슬슬 날씨를 타는 몸이 되었는가? 쓸데없는 감상이 떠오르고 말이야. 끌끌.'

구명우의 나이가 벌써 칠십을 바라본다.

몸이 날씨를 느꼈다면 예전에 느꼈어야 할 것이라는 말이다.

지금 이원생의 모습이 떠올랐다는 것은 감상 따위가 아닐 것이다.

'몸이 찌뿌듯한 것이 휴식이 너무 길었던가? 끌끌. 하긴 그 놈과 말한 것도 있고 해서 내가 너무 몸을 사리긴 했지.'

위지창을 빼오는 데 있어서 이원생과 맞닥뜨린 구명우는 조용히 좀 살자는 이원생의 말에 공감하였다.

그러나 구명우의 성정이 어디로 가는 것은 아니었다.

아무리 조용히 살아도 그 포학한 성정은 수그러들지 않고 쉬면 쉴수록 더욱이 몸 안에서 끓어 넘쳤던 것이다.

'끌끌, 어찌 이놈의 몸뚱이는 편하게 있을 생각을 안 하는 군. 주인의 말도 듣지 않는 고약한 놈이로세. 끌끌끌.'

구명우는 손이 근질거렸다.

아니, 손뿐만이 아니라 몸 전체가 간지러워서 살 수가 없었 다.

'끌끌, 천마대의 애송이들이 이 늙은이의 인내에 불이라도 붙인 것인가. 끌끌끌.'

이원생과의 만남으로 기가 질려 버린 구명우는 조용히 천 마대를 지도하고 여생을 보내고 있었다.

하지만 천마대를 가르치면 가르칠수록 그들의 실력이 늘 어감에 따라서 자신의 호승심에도 불이 붙는 것이 아닌가.

처음에는 그것을 부정한 구명우였다.

이제 자신은 물러나고 새로운 세대를 위해 자리를 물려주려는 마음이 이원생을 만나고 굴뚝같던 그다.

그러나 천마대를 가르치면 가르칠수록 뒷방으로 물러날 생각은 점점 사라지게 되었다.

대신 자신의 능력을 다시금 세상에 풀어놓을 생각이 머릿속을 가득 채웠던 것이다.

'끌끌, 예전에는 이 구명우의 붉은 옷자락만 보아도 겁을 먹고 뒤도 보지 않고 달아나는 사람이 태반이었는데, 끌끌끌.'

과시욕.

사람은 나이가 먹어감에 따라서 할 수 있는 일이 점점 줄어들지만 강호인은 그렇지 않았다.

그들은 끊임없는 투쟁을 통해서 사람들에게 자신의 존재를 알린다.

구명우도 그런 강호인의 한 사람이 아니던가!

'권마 그놈이 이 소리를 듣는다면 노망이 났다고 핀잔을 주겠군. 끌끌끌.'

자신의 생각을 권마에게 말한 적은 없지만 거의 평생을 권마와 같이 부딪쳐 가며 살았다.

그렇기에 그가 자신의 말에 어떠한 대답을 할지 예상이 가능한 구명우였다.

구명우는 천천히 앞에서 수련하고 있는 몇 명의 천마대원을 보았다.

"하압!"

"차앗!"

천마대원의 기합 소리가 우렁차게 울려 퍼졌다.

그 와중에 구명우는 천마대의 모습을 냉정하게 판단하고 있었다.

이미 천마대는 자신만의 무공을 가지고 있다.

거기다가 명교에서 날고 기는 훈련을 모두 소화해 낸 그들이 아닌가.

세상 어디에 내놓아도 만만히 볼 그들이 아니다.

한데 그들이 이원생을 만났다.

중원 천지에 황실과 무림맹, 심지어 사천당가의 그 어떤 누가 와도 진다고는 생각도 해보지 않았던 그들인데,

그들이 이원생을 만났다.

그리고 거의 전멸에 가까운 피해를 입고 초라한 모습으로 명교로 도망치듯이 온 천마대이다.

자존심에 상처를 입었고, 사람 같지 않은 이원생의 무공에 질려 버린 그들이다.

도대체 얼마나 오랜 수련을 거쳐야 이원생처럼 될 수 있는지 감도 잡히지 않았다.

하지만 천마대는 포기하지 않고 의기투합하여 수련을 시작했다.

그들은 명교에서 촉망받는 인재 중의 인재가 아닌가.

결코 한 번의 패배로 주저앉는 우를 범하지 않았다.

구명우는 그들의 그런 모습을 보고 기특하기도 하였고 어쩔 때는 불쌍하기도 하였다.

하필이면 이원생이었다.

이원생만 아니었다면 누구라도 상관없었을 텐데, 하필이면 재수없게도 이원생을 만난 것이다.

"자세가 틀렸다! 어떻게 그런 마음가짐으로 장(掌)을 구사한단 말이더냐!"

장법을 구사하는 천마대원이 실수를 저지르자 여지없이 지적하는 구명우였다.

"죄송합니다, 대장로님!"

"장법을 구사할 때는 항상 뒤는 생각하지 말거라! 강호인들이 잘못 알고 있는 장법을 네놈이 구사할 필요는 없다! 오로지 공격에 공격을 더하라! 그것이 최선의 방비가 될 것이다!"

본래 장법은 공격성에 치중하는 게 아니라 수비에 치중하는 것이 보통이다.

그래서 장법을 구사하는 무림인들이 인정받지 못하는 것

이 태반일뿐더러, 장법을 제대로 구사할 줄 아는 사람도 별로
없었다.

현재 강호에서 추앙받는 장법이라고 해봤자 이미 사라진
무당의 십담금뿐.

구명우는 그런 사실을 알고 장법의 공격성을 알려주고 있
는 것이다.

"알겠습니다, 대장로님!"

"좋은 자세다. 끌끌."

천마대의 일원 한 명 한 명을 지도하는 구명우는 서서히 실
력이 늘어가는 그들을 마음속으로 흐뭇해하고 있었다.

'이래서 제자를 키우나 보군. 끌끌.'

늦은 나이에 키우는 재미를 안 구명우이다.

"차압! 폭렬지탄!"

"편중일모!"

초식명이 난무하는 천마대의 수련장은 장차 명교를 이끌
어 나갈 인재들의 땀방울로 가득 차 있었다.

구명우는 그러한 천마대를 지도하며 쳐다보는 와중에 누
군가 올라오는 소리를 들었다.

천마대가 수련하는 곳은 명교의 성지라서 명교도조차 함
부로 올라올 수 없는 곳에 위치해 있다.

그런데 여기까지 누군가 올라온다는 것은 필히 중대한 사

안이 있거나 급한 전갈임에 분명했다.

그러나 구명우는 그러한 사실에도 경거망동하지 않고 조용히 올라오는 누군가를 기다렸다.

척, 척, 척!

"문안드리옵니다, 대장로님!"

간결한 움직임으로 다가온 전령은 구명우의 앞에 부복하며 포권을 했다.

구명우는 그러한 전령에게 고개를 끄덕거리면서 물었다.

"끌끌, 그래, 교에서 무슨 중대한 사안이라도 벌어졌느냐?"

전령은 구명우의 물음에 대답 대신 등에 메고 온 대나무 연통을 전해 올렸다.

"끌끌끌, 누군가 어지간히 급했나 보구나. 알았다. 내 읽어보고 움직일 테니 너는 그만 가보아라."

"존명!"

구명우는 전령을 보내고 대나무 연통의 마개를 열어 안에 들어 있는 전서를 꺼내어 읽어 내려갔다.

꿈틀.

지직!

구명우의 눈썹이 하늘로 치켜 올라가고, 전서는 그의 손에 거칠게 구겨졌다.

도대체 무슨 내용이기에 구명우의 좋았던 기분을 한순간

에 망치게 만들었는가.

'이제는 대놓고 요랑 그 계집아이가 명교를 쥐락펴락하는 구나. 끌끌끌! 무림맹의 초계단을 자극해서 시선을 끌어달라고 하였는가? 도대체 이 계집이 무슨 짓을 꾸미고 있는 것인지 모르겠군. 끌끌끌.'

구명우는 갈등하였다.

분명 교주가 보낸 전서임에도 불구하고 그 뒤에 요랑이 있다는 것을 알고 있는 그다.

자칫 잘못하면 무림맹에게 전쟁의 빌미를 제공하게 될 수 있는 노릇이 아닌가.

'전투는 환영하지만 전쟁은 절대로 불가한 일! 끌끌끌. 이거 교주의 명이니 거부할 수도 없는 노릇이고, 최대한 들키지 않고 조용하게 다녀와야겠구나.'

명교에 이름을 올린 구명우다.

결코 명교 교주의 명에 반문할 수는 없었다.

그것이 아무리 요랑이 뒤에서 교주를 조정하여 내린 명령이라도 말이다.

'끌끌끌, 어차피 초계단이라고 하면 무림맹의 말단 중에 말단이 아닌가. 이번 기회에 천마대 아이들의 기세 좀 올릴 겸 해서 다녀오면 되겠어. 끌끌.'

교에서 지시한 첫 번째 임무를 처절히 실패하고 돌아온 천마대원의 기세가 좋을 리 없었다.

구명우는 이번 기회를 이용해서 천마대의 기세도 올리고 교의 명령에도 반하지 않는 기회로 활용하려 하였다.

'끌끌, 어찌 되었든 무림맹을 혼란스럽게 만들어 달라는 말이 아닌가. 탐탁찮으나 어쩔 수 없군.'

어찌 되었던 교지가 내려온 상황에서 구명우가 어찌해 볼 도리는 없었다.

구명우는 수련에 열중하고 있는 천마대원들에게 말했다.

"듣거라. 끌끌."

외치지는 않았지만 내공이 실려 있는 목소리에 천마대원 들은 말을 미리 맞춘 듯이 일시에 움직임을 멈추고 구명우에 게 집중하였다.

"교에서 명이 떨어졌구나. 한번 해보겠느냐? 끌끌."

보통의 구명우라면 의사를 물어보지도 않았을 것이다.

그러나 일부러 구명우는 천마대를 자극하기 위해서 넌지 시 물어본 것이다.

이미 쓰디쓴 패배를 맛본 그들이 거절하겠는가?

"이를 말씀이십니까!"

"이번 기회에 저번의 패배를 꼭 설욕하겠습니다!"

"목숨을 바쳐 완수해 내겠습니다, 대장로님!"

산발적으로 튀어나오는 천마대원들의 외침에 구명우는 예

상한 듯이 흐뭇한 웃음을 띠면서 말했다.

"끌끌끌, 좋다. 모두 준비하거라! 한 식경 후에 무림맹으로 떠난다!"

"존명!"

무림맹으로 간다고 하더라도 천마대는 상관없었다.

그들은 저번의 상처를 씻어낼 책임을 가지고 있으니 말이다.

자신감과 패기에 가득 찬 천마대!

그리고 다시 한 번 전성기를 누리고 싶은 구명우!

그들은 한 치의 망설임도 없이 명교를 떠나 무림맹의 정문으로 당당히 향했다.

第五章

─이원생

"아침이면 무림맹에 도착할 것 같아요."

듣기에 좋은 미성이 내 귀를 간질이고 들어왔다.

이 상단에서 여자는 오로지 화정 소저 한 명뿐.

나는 고개를 돌려 내가 지을 수 있는 최대한 인자한 미소로
화답하여 주었다.

싱긋.

"그렇군요."

"어디가 아프세요? 왜 입을 씰룩거리시지요?"

하하하! 이거 웃는 건데…….

이래서 사람은 안 하던 짓을 하면 안 되는 것이다.

내 딴에 미소라고 생각한 것을 지우고 평소대로 화정 소저에게 말했다.

"아닙니다. 잠시 추워서 그랬습니다."

"아, 그렇군요. 저는 포두님이 구완와사에 걸린 줄 알고. 후우."

찬 데서 자면 입 돌아가는 것이 구완와사다.

내 인자한 미소가 병에 걸린 것 같이 보이고, 화정 소저에게 한숨까지 유발하다니.

언제고 얼굴만 환골탈태할 수 있는 방법을 개발해 내서 꼭 바꿔야겠다고 마음먹었다.

지금 상황은 해가 져서 사방이 어두웠다.

당연히 상단은 가는 길을 멈추고 야영지를 만들어 하루를 보낼 준비를 하였다.

나와 화정 소저는 마부석에서 모닥불을 멍하니 바라보면서 서로 이야기를 나누고 있었고 말이다.

화정 소저는 잠시 샛길로 빠진 이야기를 바로잡으려는 듯이 나에게 말을 걸었다.

"후후, 죄송해요. 너무 격 없이 말했네요."

"아닙니다. 편하고 좋은데요, 뭘."

격식 차리면 할 말도 못하게 된다.

나의 말에 화정 소저는 화사하게 웃으면서 말을 이어나갔다.

"후후, 왠지 모르게 포두님이 편하게 느껴져요. 마치 오래 만난 사람처럼요. 왜 이럴까요? 제가 이상한 걸까요?"

그걸 나에게 물어보면 어떻게 하는가.

내 얼굴이 옆집에서 흔하게 마주치는 그런 흉악범은 아니지 않는가.

하긴 이런 얼굴을 보고 얼굴에 홍조를 띠는 화정 소저의 취향이 좀 의심스럽긴 하다.

나는 아무 말 없이 그저 화정 소저의 이야기를 듣고 있었다.

"……."

"처음에는 포두님이 있는 포관에서 그런 일을 같이 겪고 나서 무언가 친밀감이 느껴졌나 싶었어요."

전 그때 소금 뿌렸는데요. 다시는 만나기 싫어서요.

이런 말은 마음속으로 감춰두는 것이 좋다.

괜스레 꺼냈다가 이런 좋은 분위기를 망칠 수는 없었다.

난 여전히 아무 말도 없이 담담한 웃음으로 답했다.

"……."

"포두님이 있는 포관을 나설 때 왠지 모를 친근감에 제 마음이 갈피를 잡지 못했어요. 저는 이런 감정 처음 느껴보았거든요."

나는 화정 소저를 슥 한번 곁눈질로 쳐다보았다.

화정 소저는 내가 쳐다보는지 신경 쓰지도 않고 모닥불을 바라보며 이야기를 계속해 나갔다.

"그 일이 있은 후 포두님을 보고 싶어서 여러 번 장하현에 있는 포관을 찾으려고 하였지만, 제 개인 사정 때문에 번번이 좌절하고 말았죠."

잘하신 겁니다.

그때 심정은 찾아오면 대차게 소금 뿌리려고 하였습니다.

"……."

"일에 치이고 이리저리 힘들었지만, 왠지 그럴 때마다 포두님이 아련하게 떠올랐어요. 이런 제가 이기적이지 않나요? 포두님의 마음이 어떠한지 모르는데 제 마음대로 이러는 게……."

말끝을 흐리면서 고개를 숙여 보이는 화정 소저에게 난 차분한 음성으로 대답해 주었다.

"그런 의도라면 얼마든지 좋습니다. 관할 포청에 신고만 하지 않으시면 괜찮습니다."

저번에 장하현 저자에서 괜찮은 용모의 여인을 넋을 빼고

쳐다봤다가 신고가 들어갔다.

악몽을 꾼다나 뭐라 더나.

나의 말에 화정 소저는 짧게 웃음 짓더니 나를 쳐다보며 말했다.

"풋! 그게 무슨 말이에요. 정말 포두님은 알다가도 모를 사람이에요."

화정 소저가 실제로 내가 신고당했다는 사실을 알면 어떠한 표정을 지을까?

궁금하긴 하지만 일부러 보여줄 필요는 없다고 느껴서 쓰게 웃음 지어주었다.

"하하, 뭐, 제가 그런 사람입니다."

어설픈 나의 대꾸에 화정 소저는 크게 숨을 들이쉬어 내뱉으면서 하늘을 쳐다보며 말했다.

"하아아아! 밤하늘을 쳐다보면 가끔 그런 생각이 들어요."

'음? 갑자기 무슨 소리를?

"아버지께서 돌아가시기 전에 항상 인연이라는 것이 존재한다고 말씀하셨거든요. 단지 남녀 사이에 대한 인연이 아니라 사람과 사람의 관계에 대한 인연을 중시하라고 하셨어요."

주제가 바뀌어서 잠시 놀랐지만, 화정 소저의 아버지가 돌아가신 사실을 알았으니 애도의 한마디를 건네주었다.

"고인의 명복을 빕니다. 화정 소저가 이렇게 잘 컸으니 필히 아버님도 훌륭하신 분이었겠지요."

"고마워요. 위로 받으려고 꺼낸 이야기는 아니지만 포두님의 말을 들으니 기운이 나는데요."

"하하, 그렇다니 저도 송구할 따름입니다."

"후후후, 아무튼 사람과 사람 사이의 인연은 악연이 되었든 선연이 되었든 반드시 나중에 연결된다고 하셨어요. 절대로 인연이라는 것은 끊어지지 않는다고 말이에요."

중원상단의 상단주가 꽤나 독특한 철학을 가지고 있었나 보군.

본래 부자 한 명이 나오려면 그 뒤엔 오백 명의 희생이 필요한 법이다.

상인의 개똥철학은 바로 거기에서 나온다.

부자가 되고 나서 그 오백 명을 도와주면 된다고 말이다.

왜 이 말이 개똥철학이라는 소리를 듣게 되었느냐 하면 이미 오백 명이 부자 한 명을 위해서 죽어버렸는데 어찌 도와줄 것인가?

아무리 착한 상인일지라도 자신의 이익이 있다면 반드시 누군가는 손해 보는 것이 세상의 이치이다.

착한 상인과 악한 상인은 단지 그 오백 명을 죽이느냐, 아니면 그 오백 명을 부리느냐의 차이일 뿐이다.

그래도 인연을 중하게 여긴 화정 소저의 아버지는 착한 상인이라고 말해도 무방할 것이다.

그렇지 않았으면 콩 심은 데 콩 나온다고, 화정 소저 같은 마음씨 착하고 얼굴도 착하고 몸매도 착한 여자는 나오지 않았을 것이니 말이다.

"처음에는 그 말을 그저 흘려보냈는데 포두님을 보니 그 말이 너무나 절실하게 와 닿는 것 같아요. 이렇게 저희가 만나게 된 것을 보면요."

"흠, 그럼 저희는 착한 인연이 되는 건가요?"

"그러겠죠? 후훗."

갑자기 화정 소저의 말을 듣고 나니 무림맹으로 가는 도중 처음 만났을 때 속으로 욕했던 기억이 났다.

음, 어쩐지 미안하군.

스윽.

살짝.

화정 소저는 자신의 손을 살짝 움직여 마부석에 기댄 나의 손에 가져다 대었다.

커헙!

심, 심장이 제멋대로 뛰는군.

저번에 화정 소저가 내 손을 잡았을 때는 위급해 다급한 마음에 한 행동이었지만, 지금은 오로지 화정 소저의 마음에 의해서 한 손짓이 아닌가!

쿵쾅! 쿵쾅!

내 심장은 단지 화정 소저의 손가락이 내 손에 닿았다는 그 사실 하나만으로 미친 듯이 뛰었다.

이러다가는 입 밖으로 튀어나오겠네.

나는 내 심장에 대한 소유권을 돌리기 위해서 힘을 냈지만 그런 나의 노력 따위는 헛것이 되었다.

거기다가 갑자기 화정 소저는 무언가를 다짐하는 듯이 나를 쳐다보고 무언가를 말하려고 하는 것이 아닌가!

"포, 포두님, 이런 제 마음을… 어맛? 어?"

푸흑!

뚝뚝!

젠장! 왜 여기서 하필이면 코피가!

"아! 저기… 이게 뭐냐면…….."

나는 서둘러 코에서 뿜어지는 피를 막으면서 화정 소저에게 말했지만, 화정 소저는 멍한 표정을 지으면서 걱정스러운 눈빛으로 변해 버렸다.

아아악! 안 돼!

이건 누가 뭐라고 해도 고백이었단 말이다!

으아아아아!

속으로 아무리 악을 쓰고 발악을 해봐도 이미 본능에게 소

유권을 빼앗긴 내 몸뚱어리는 연신 코에서 코피를 뿜어대고
있었다.

"괘, 괜찮으세요?"

"…괜찮습니다."

나는 콧구멍에 천조가리를 돌돌 말아 막으면서 화정 소저
의 말에 대답했다.

분위기는 이미 깨졌다.

크흑! 무공이 아무리 높으면 뭘 해.

이런 경우에 제 몸뚱어리 하나 조절도 못하면서. 크흐흑!

마음속으로 울어대면서 좌절하는 나의 모습을 화정 소저
는 아는지 모르는지 정말 걱정이 가득 담긴 눈빛으로 나를 쳐
다보고 있다.

하아아아!

내 인생에 봄날 따위는 없는 건가.

화정 소저는 입에 조용한 웃음을 띠면서 나를 쳐다보며 말
했다.

"포두님은 정말 알다가도 모를 사람 같아요."

그 말을 듣고 내가 무슨 대답을 하겠는가.

그저 어색하게 웃어줄 수밖에.

"하하……."

빌어먹을.

화정 소저와 나는 또다시 불타는 장작을 쳐다보면서 원래 상태로 되돌아갔다.

아무래도 오늘 밤의 꿈은 다 꾼 것 같았다.

그러기를 얼마나 지났을까.

갑자기 나와 화정 소저가 있던 마차에서 정육의 거친 외침이 들려왔다.

"개소리 말라! 다시 한 번 그 입에 그분의 이름을 담았다가는 지금 당장 목을 꺾어버릴 줄 알아라!"

나는 그 소리를 듣고 직감했다.

상철지가 깨어났다고 말이다. 그리고 정육 저놈도 일어났고 말이다.

화정 소저는 그 소리를 듣고 나를 쳐다보며 어찌해야 할지 표정으로 물어보았다.

"걱정 마세요. 별다른 일은 없을 겁니다. 그건 그렇고, 이제 날이 깊었으니 내일을 기약해야 하지 않겠습니까?"

나는 차분하게 화정 소저에게 설명을 하였고, 화정 소저는 고개를 조심히 끄덕거리며 나에게 말했다.

"창을 쓰시는 그분, 아무리 원한이 깊었어도 결국 인연으로 이어진다는 것을 알았으면 좋겠어요."

착한 사람이다.

정육의 사정을 아는 나는 화정 소저의 말에 특별한 대답은 하지 않고 어물쩍 넘겨 버렸다.

"알 것입니다. 걱정 마시고 들어가십시오. 저도 이제 안으로 들어가 봐야 할 것 같으니 말입니다."

"알겠어요. 그럼 내일 뵙겠습니다."

"예, 화정 소저. 좋은 밤 되십시오."

"포두님두요."

화정 소저와 나는 예의 인사말을 주고받으면서 헤어졌다.

화정 소저가 자신의 마차로 들어가는 모습까지 본 후 나는 내가 있던 마차로 들어갔다.

달칵.

문을 열자마자 정육이 상철지의 멱살을 부여잡고 죽일 듯한 표정으로 노려보고 있는 모습이 보였다.

나는 그 모습을 보고 무덤덤하게 한마디 해주었다.

"어? 깨어났네? 오늘을 못 넘길 것 같더니."

내 말에 상철지 그놈은 멱살이 잡힌 채로 음흉하게 웃으면서 대꾸했다.

"크흐흐흐, 미친놈, 겨우 이런 데서 내가 객사할 것 같으냐? 그리고 조만간 승상이 나를 살리러 병사를 보낼 것이다. 그때가 되면 너희 두 놈은 내가 받은 고통의 몇 곱절을 느끼게 될 것이다."

나는 그 말을 듣고 볼을 긁적거리면서 말했다.

"입은 살았군. 다른 데는 다 죽어도 말이야."

내 말이 끝나자마자 정육은 상철지의 멱살을 더욱 세게 조이면서 나에게 말했다.

"여기서 그냥 죽입시다. 더 이상 살려두어 봤자 썩은 내만 진동할 뿐이오."

"아서라. 죽이려면 그때 죽였지."

"그럼 언제까지 살려둘 것이오?"

"원하는 정보를 준다면 살려줄 마음도 있지."

막무가내로 고문을 가하고 고통을 주면서 얻는 정보 따위는 신빙성이 없다.

죽을 준비를 하는 사람에게 무슨 정보를 얻겠는가.

그래서 살 수 있다는 희망을 주는 거다.

희망이라는 놈은 그 자체로 엄청난 힘을 가지고 있다.

아무리 죽을 각오를 한 사람이라고 할지라도 그저 편안하게 대화를 나누고 이 사람에게 살아갈 이유를 심어 준다면.

또한, 그 희망이 이루어 질 것이라고 눈 앞에 떡하니 보여 준다면.

이 사람은 그 희망을 위해서 내가 알고 싶어하는 모든 것을 넘겨줄 각오를 할 것이다.

상철지의 경우에는 살고자 하는 마음도 보이고, 무엇을 위해 살아야 하는지도 명확하니 정보를 얻는 게 쉬웠다.

문제는 정육 저놈이지.

내 말은 들은 정육은 상철지의 멱살을 뿌리치고 나에게 다가왔다.

그리고 당장에라도 나를 찢어 죽일 듯한 눈빛으로 외쳤다.

"지금 뭐라고 하셨소? 살려준다고 하셨소? 저놈이 나에게 무슨 의미인지 알면서도! 흡!"

더 이상 말을 길게 하면 쓸데없이 감정싸움으로 나갈까 봐 나는 얼른 정육의 입을 손바닥을 쥐어 감쌌다.

녀석의 다친 오른팔은 어차피 움직이지 못할 테니 가만히 두고 반항하지 못하게 왼팔을 겨드랑이에 잡아 끼었다.

턱! 타앗!

녀석이 발로 내 안쪽을 점하며 몸을 튕겨내려고 하자 나는 정육의 오금을 뒤꿈치로 강하게 찍어 누르면서 마차에 눕혀 버렸다.

팍!

쿠웅!

정육의 몸은 그대로 바닥에 떨어지며 왼팔을 제압당한 채 점점 의식을 잃어갔다.

난 그 모습을 보며 쾌활하고 인자한 모습으로 말했다.

"읍! 으으읍!"

"푸욱 쉬거라. 내일 아침에 보자."

"읍, 읍! 으······."

툭.

녀석의 고개가 떨어지고, 나는 혹시나 해서 녀석의 코에 손을 대보았다.

아직까지 감은 살아 있군. 후후.

정육이 기절한 것을 확인한 뒤 나는 상철지를 바라보았다.

"초면에 인사나 하지. 나는 장하현 포구 포관의 이원생 포두라고 하네."

"퉤! 지방 관리직 따위가 나에게 반말인가? 흐흐."

녀석은 나에게 피가 섞인 침을 뱉었지만, 침 뱉을 힘도 없는지 나에게 오지도 않았다.

역시 권력에 대한 욕구가 강하군.

누가 보아도 자기가 불리한 상황에서도 계급을 따지면서 반항하고 말이야.

나는 녀석의 부러진 왼팔을 거세게 쥐었다.

"끄윽! 크크크! 겨우 이런 식인가! 그래, 얼마든지 고통을 주어보거라! 내가 네놈이 원하는 것을 말할 듯싶어 보이는가?"

"내가 그렇게 야만적으로 보이나? 난 단지 신경이 붙어 있는지 알고 싶었을 뿐이야. 이 정도 신경이 있는 것을 보니 충분히 예전에 그 모습으로 돌아갈 수 있겠어."

살 수 있는 희망을 주는 것이다.

살아 돌아가고, 다시 예전의 모습을 찾을 수 있다는 것을 인지시켜 주는 것이다.

"웃기는 소리 마라! 기혈이 파열됐는데 무슨 소리를 하는 것이냐!"

"물론 예전의 그 모습으로 돌아갈 수는 없는데, 그래도 사지는 회복할 수 있다는 말이지."

지금 내 말은 전부 다 거짓이다.

외상은 어느 정도 치료도 가능하고, 완치할 수 있는 방법도 몇 가지 알고 있지만, 상대방의 기혈이니 내상의 피해 정도까지는 알 리가 없었다.

한마디로 나는 상철지가 예전 모습으로 치료가 가능한지 알 수가 없다는 말이다.

나의 말이 소용이 있었는지 녀석의 태도가 조금 누그러졌다는 것을 느낄 수 있었다.

"어, 얼토당토않은 이야기는 집어치워라!"

나는 계속해서 녀석에게 희망을 심어주었다.

놈이 믿을 때까지 끊임없이 말이다.

"난 어차피 네놈이 내가 원하는 정보를 줄 것이라고 기대도 하지 않아. 단지 내가 네놈을 살려둔 것은 그저 운씨 자매에 대한 처우를 개선하려는 협상 도구일 뿐이지."

"무, 무슨 말을 하려는 건가?"

"우승상 황충모가 정말로 널 살리려고 할까?"

내 말에 상철지는 당연하다는 말투로 대답하였다.

"당연한 것이 아니더냐! 내가 충성을 한 승상께서 날 그리 쉽게 버리지는 못할 것이다!"

"그렇지. 충성을 했겠지. 그리고 곁에 있으면서 승상의 비밀도 많이 알고 말이야."

"…이, 이간질하려고 하지 마라! 스, 승상은 그럴 분이 절대 아니란 말이다!"

자신의 야망을 위해서 운씨 세가를 이용한 놈이니 내가 한 말이 무슨 소리인지 정확하게 알 것이다.

그래도 저놈 입으로 그 말이 나오게 해주어야지 더 정확해진다.

"내가 무슨 이간질을 하나? 난 단지 네가 승상을 보좌했다면 그 비밀을 알고 있을 것이라고 추측했을 뿐인데."

"지, 지금 네가 말하려는 것은 그 비밀의 유출을 막기 위해 승상이 날 없애려고 한단 말을 하고 싶었던 게 아닌가!"

이제 저놈 입으로 말을 했으니 일은 쉬워진다.

최측근에 있는 놈에게 정보를 빼내려면 충성심을 역으로 이용해 해야 한다.

아무리 믿고 의지하고 의심을 하지 않는 사이라고 해도,

가까운 사이면 사이일수록, 비밀을 많이 공유하면 공유할수록 관계는 더 멀어질 수밖에 없다.

가족도 아닌 상대에게 너무 많이 자신을 내보였다면, 반드시 내 약점조차 보였다고 생각할 것이니 말이다.

그래서 아름답고 적당한 거리를 유지해야 한다는 말도 나오는 것이고.

나는 상철지의 말을 보충해 주었다.

"그건 네놈이 잘 알겠지. 승상이 선택할 수 있는 길이 무엇이며, 복잡하지 않는 길이 어떤 길인지 말이야."

말해 무엇 하겠는가.

살인멸구지.

죽이는 것보다 구하는 것이 더 어렵다.

더더욱 상철지 저놈은 황충모의 성정을 가까이에서 보아서 의심은 깊어갈 것이다.

난 녀석의 생각을 깔끔하게 정리할 수 있는 제안을 꺼내놓았다.

"만약 네가 내 말을 잘 듣고 따라만 준다면 내 너의 안전은 보장하지. 또한 적당한 보상도 있을 것이고 말이야."

"……"

이런 좋은 말을 놔두고 쓸데없이 고문하고 때리고 핍박하면 끝이 별로 좋지 않다.

어차피 무엇을 말하든 자신이 죽는 게 기정사실이면 솔직히 다 털어놓고 싶겠는가?

차라리 거짓말을 해서 엿을 먹여 버리지 좋은 말은 안 할 것이다.

그래서 정보를 제대로 다룰 줄 아는 사람이면 협상과 논리에 능해야 한다.

그래야 더러운 꼴 덜 보고 살지.

나는 상철지가 생각할 시간을 좀 주었다.

그러나, 결론은 한 가지밖에 없을 것이다.

자신이 살기 위해서, 정보를 팔 곳은 나뿐이라는 것을 말이다.

아무리 불안하더라도 썩은 줄이라도 잡겠는가, 아니면 그냥 절벽에서 떨어질 것인가?

정답은 하나다.

상철지는 고개를 서서히 들어 올려 진중한 목소리로 나에게 물어왔다.

"…보상이 무언지부터 들어도 되겠는가?"

나는 그 말에 씨익 웃으며 대답해 주었다.

"물론이지. 물론이고말고."

흐흐흐, 넌 이제 단물 다 빼먹고 내팽개쳐지는 느낌이 무엇인지 알게 될 것이다.

크하하하하하!

음? 이러면 내가 너무 악역 같은데?

에이, 아무럼. 좋은 일 하는데 이 정도는 하늘에서도 봐주 겠지.

나와 상철지의 긴밀하고 유익한 밤은 그렇게 계속되어 갔 다.

*　　　　*　　　　*

외인대가 일임하고 있는 초계단의 새벽은 언제나처럼 무 림맹을 출입하려는 길고 긴 방문객과 일하는 사람을 들여보 내는 것으로 시작되었다.

오늘도 여느 때처럼 외인대의 대원 두 명은 무림맹의 정문 을 새벽녘에 일찌감치 열어 들어오는 사람으로 하여금 기다 리는 수고를 덜어주려고 하였다.

"흐아아암! 크으! 자, 당기세."

해가 어스름하게 뜬 새벽에 일어나 일을 시작하니 당연히 하품이 나올 수밖에.

대원들은 두꺼운 나무로 요밀조밀 만들어져 있는 육중한 문을 당겨 열었다.

투투툭!

끼이이익!

겨울답게 나무문은 새벽 공기에 살짝 얼어 있었고, 문을 지탱하는 경첩 역시 듣기 그리 좋지 않은 소리를 내면서 열렸다.

외인대의 대원이 한 팔로 이마를 쓸어 넘겨 땀을 훔치는 시늉을 해보이자 옆에 있던 다른 대원이 그 모습을 보고 비웃으며 비꼬았다.

"하, 뭐야? 겨우 이거 당겼다고 땀이 나는 거야?"

그러자 땀을 닦는 시늉을 하던 대원은 인상을 찌푸리며 대꾸했다.

"너도 나이 먹어봐라. 요즘은 뼈마디가 쑤신다, 쑤셔."

"네놈 나이가 얼마나 먹었다고 벌써부터 나이 타령이야?"

"가는 데는 순서 없어, 이놈아. 그건 그렇고, 문 빗질은 네가 해라. 내가 문 열었으니."

"웃기고 있어. 어제도 내가 했는데 겨우 문 열었다고 어디서 엄살을 피워?"

두 대원은 서로 오래 보아온 만큼 허물도 없었고 격을 차릴 것도 없었다.

그렇게 티격태격하는 동안 무림맹의 닫힌 문이 활짝 열리고,

무림맹의 정문 앞에는 휑하니 아무도 없었다.

"야, 내가 너보다 나이가 얼마나 많은데 어디서 반말 짓거리야!"

"생일 좀 빠른 것 가지고 무슨 개소리… 어?"

대원은 문 앞에 대기하는 사람이 아무도 없는 것을 보고 다툼을 즉시 멈추고는 주위를 천천히 둘러보았다.

본능적인 행동.

평소의 무림맹 정문은 하루가 멀다 하고 문전성시를 이룬다.

한데 아무리 새벽녘에 문을 열었다 하더라도 사람이 한 명도 없을 이유가 없었다.

보통의 무사라면 그저 오늘은 사람들이 없구나 생각하면서 의심하지 않았을 테지만 그들은 외인대였다.

전투를 숱하게 겪어본 그들은 주변 환경이 일순간에 변할 수 없다는 것을 경험으로 알고 있었다.

외인대의 대원 두 명은 바짝 경계하면서 서서히 뒷걸음질치며 무림맹 안으로 이동했다.

"매복이냐?"

"미친. 이게 매복 같냐, 습격이지?"

"네놈하고 새벽에 같은 조로 걸릴 때부터 오늘 일진이 안 좋겠다고 생각은 했다만."

"네놈도 그랬냐? 나도 그랬는데."

두 대원은 긴장감을 풀려는 듯이 소모적인 말을 나누면서 천천히 앞을 경계하며 무림맹 안으로 들어갔다.

도대체 아무도 없는 정문 앞을 그들은 왜 그렇게 경계하며 돌아가고 있는 것인가?

그 의문은 곧이어 닥친 날카로운 예기를 뿜어대는 암기 다발에 의해 풀렸다.

촤악!

"천기수(天旗殊)!"

암기의 이름처럼 가히 하늘을 덮는 죽음이라고 해도 좋았다.

그러나 외인대의 대원들이 찬 검은 장식용이 아니었다.

"염병! 이건 오늘 똥 밟은 날이잖아!"

챙!

"입 닫고 방진이나 짜!"

두 사람은 두 명이서 짤 수 있는 기초 방진으로 순식간에 위치를 전환하여 자신들에게 쏟아지는 암기를 방어해 내었다.

차차창!

후두득!

"연환진! 팔괘선점!"

"으랏차아! 겨우 이렇게 죽으려고 내가 그 고생을 하며 살아온 줄 알아!"

둘의 움직임은 가히 붙어 있다고 봐도 무방할 정도였다.

한쪽이 검을 들어 암기더미를 막으면, 또 한쪽은 그 빈 공간을 재빠르게 선점하며 막아주었다.

그러면서도 단 한 번의 얽힘이나 검의 마주침이 없이 물 흐르듯이 유연하게 흘러가는 연환진은 보는 사람으로 하여금 감탄을 불러일으키기에 충분하였다.

"끌끌끌, 요즘 무림맹에서 정문에 신경을 많이 쓰나 보구나. 너의 천기수가 저리도 막히고 말이야. 끌끌끌."

기분 나쁜 웃음소리였지만 본심은 외인대 대원들을 인정하는 눈치다.

그러자 암기를 쏘아낸 남색 무복의 사람이 입술을 씰룩대며 대답했다.

"죄송합니다, 대장로님."

"끌끌, 뭐 죄송하기까지야. 그것보다도 주변 움직임은 아직 없느냐? 저 두 놈을 보아하니 그래도 천마대가 상대하기에는 괜찮은 수준으로 보이는데. 끌끌끌."

이들은 천마대.

그리고 특유의 웃음을 달고 나타난 남자는 홍포사신 구명우였다.

구명우의 말에 남색 무복의 남자는 앞섶에 손을 집어넣으면서 말했다.

슥!

"이번에는 반드시 명줄을 끊어놓겠습니다!"

"끌끌, 그래도 한 놈은 살려두어라, 삼호. 저놈들 중 제 편에 알려야 할 사람은 남겨놔야 하지 않겠느냐. 끌끌끌."

"알겠습니다, 대장로!"

턱!

끼릭!

삼호는 구명우에게 포권하며 앞섶을 들춰 손바닥만 한 원형의 통을 꺼내어 양손으로 뒤틀었다.

까락! 콰직!

무언가 살벌하게 어긋나는 소리가 나면서 삼호의 손에 들린 원통에서 무언가 타들어가는 소리가 나기 시작하였다.

그리고 곧이어 그 원통을 손에 들고 외인대의 대원에게 뛰어가며 삼호는 생각했다.

'이놈들, 한 번은 요행으로 막았다 하더라도 과연 네놈들이 천기탄(天旗彈)마저 막겠느냐!'

삼호의 심사는 천기수를 막아내는 외인대를 보고 심히 뒤틀려 있었다.

이원생에게 패한 후 그렇게 죽을 듯이 수련을 한 자신의 한 수가 겨우 무림맹 정문을 지키는 문지기 따위에게 막혔다는 것이 바로 그 이유였다.

그래서 이번에 꺼내 든 것은 천기탄이었다.

이것은 심지가 안으로 박혀 있어 서로 뒤틀어 점화되는 하나의 암기 폭탄 같은 것이었다.

그러나 화약의 위력은 별로 없고 오로지 화약의 역할은 통안에 들어 있는 암기를 비산하는 것뿐.

독도 발라놓지 않았으니 구명우의 말대로 한 명은 살려서 보낼 수 있을 것이다.

삼호는 경공으로 최대한 외인대 대원들의 지척으로 간 후 그들을 보고 외쳤다.

"이놈들, 이것도 어디 막을 수 있으면 막아보아라!"

휙!

말을 마치기도 전에 손을 튕겨 암기를 날리듯이 천기탄을 쏘아낸 삼호는 그 자리에 서서 곧이어 벌어질 자신의 성명절기를 막아낸 건방진 두 놈의 최후를 지켜보았다.

외인대의 대원은 천기수를 막아낸 다음 웬 미친놈 하나가 달려들어 오며 공 같은 것을 뿌리는 것을 보며 일단 피해야겠다고 생각했다.

막아내거나 튕겨낼 생각은 전혀 없는 그들이다.

외인대의 대원인 그들에게 중요한 것은 살아 돌아가는 것.

그리고 지금은 이 사실을 알리는 것이 유일한 할 일이었다.

"야! 튀어!"

"종은 내가 치마!"

구명우와 천마대가 생각했던 것처럼 만약 외인대가 그렇고 그런 무사들로 이루어진 문지기였더라면 삼호가 쏘아낸 천기탄을 피해내지도 못하고 암기더미를 맞아서 쓰러졌을 것이 분명했다.

그러나 구명우와 천마대에게는 불행하게도 그들은 그렇고 그런 무인들이 아닌 정예와 다름없는 이들이었다.

다다다!

투왁!

도망칠 때는 그 누구보다 빠른 외인대였다.

탱!

떼구루루!

"……."

그 모습을 지켜본 삼호의 눈에는 그저 자신의 천기탄이 아무도 없는 장소에 홀로 덩그러니 떨어져 터질 준비를 하는 모습이 보일 뿐이다.

심지어 그 광경을 지켜본 구명우까지 외인대의 망설임없는 퇴각에 어이가 없어서 얼굴을 구기고 있지 않은가.

"뭐… 이런……."

구명우는 외인대의 대원들이 꽤 괜찮은 실력을 가지고 있는 터라 기대감을 가지고 있었다.

천마대에게 자신감을 불어넣어 줄 상대라면 그에 상응하는 상대와 이겨서 성취감을 얻는 것이 제일 좋은 방법이라는 것을 구명우는 알고 있었다.

그러나 외인대의 대원들은 천마대의 기를 살려주기는커녕 뒤도 돌아보지 않고 도망쳐 버렸다.

구명우의 입장에서는 두 명이 도망치나 한 명이 도망치나 어차피 무림맹에 시끄러운 분란을 일으키는 것은 똑같았으니 별 상관은 없었지만, 그래도 명색이 무림맹의 정문을 지키는 무사가 아닌가.

최소한의 자존심은 지킬 줄 알았던 구명우다.

"이제 어찌해야 할까요?"

천마대 중 구호라고 쓰인 두건을 머리에 두른 수하가 구명우에게 물어왔다.

구명우는 외인대의 돌발행동에 잠시 당황하였지만, 이내 정신을 차리면서 천마대에 명했다.

"무림맹에 병력이 올 때까지 주변에 매복하고 있어라. 그리고 지금부터는 복면을 착용하도록 한다! 끌끌끌!"

"알겠습니다, 대장로님!"

명교의 정체를 들키지 않고 무림맹에 소요만 일으키려면 정체를 감추는 것이 중요했다.

만약 자신들이 명교인 것을 드러내 놓고 행동한다면 그때
는 여지없이 전쟁의 단초가 자신들이 되는 것이다.

'교주의 명이라 따르는 것이지, 끌끌, 절대로 요량 네년의
뜻대로 전쟁을 다시 일으키는 우를 범하지는 않을 것이야. 끌
끌끌.'

구명우가 받아 든 전서에는 무림맹에 소요만 피워달라고
했지 어떠한 방법도 적혀 있지 않았다.

홍포사신 구명우가 바보는 아닌 바,

그는 철저하게 정체를 숨기고 흔적을 감춘 채로 무림맹을
흔들어놓고 퇴각할 것이다.

"끌끌끌, 부디 무림맹에 괜찮은 인사가 한 명이라도 있어
야 할 텐데. 끌끌끌."

구명우는 팔짱을 낀 채로 자신을 즐겁게 해줄 누군가를 기
다리며 우거진 풀숲 사이에 조용히 숨죽여 기다리고 있었다.

같은 시각.

외인대 대원들은 부리나케 도망쳐 집무실로 뛰어들어갔
다.

평상시라면 생각도 해보지 못할 행동이지만, 상황이 상황
인 만큼 그들은 주저없이 문을 열고 들어간 것이다.

덜커덕!

쾅!

"크, 큰일입니다, 대주!"

"누군가 습격해 왔습니다!"

문을 거칠게 열자마자 쏟아지는 말에 집무실에서 혼자 늦은 밤까지 업무를 보고 자던 일조장 배명호가 눈을 치켜떴다.

그러자 두 대원은 명호의 그런 모습을 보고 헛바람을 집어삼켰다.

'여, 역시 일 조장님! 저 냉혹한 눈빛은 전쟁 때에 비해 조금도 죽지 않았어!'

'달리 귀신 조장으로 불리는 것이 아니었어! 저 살기 어린 눈빛만 보아도 오금이 떨리는구나!'

서로 같은 평가를 내리는 두 사람의 말마따나 명호는 외인 대 내에서 대주 다음으로 평가 받는 최고의 실력자이자 검수였다.

더욱이 명호는 그 성격으로 유명하지 않던가.

그의 성격은 가히 야수의 본능에 비유할 만큼 야성적인 면모를 여지없이 드러내며 외쳤다.

"누가 감히 무림맹을 습격했다는 것이냐? 그것도 이 이른 새벽에!"

명호는 당장에라도 앞에 있는 그 두 대원을 씹어 삼킬 듯한 표정으로 물었다.

대원들은 침을 꿀꺽 삼키면서 대답하였다.

"저, 정체는 모르겠으나 암기를 뿌리는 실력으로 봐서는 어떤 조직인 것 같습니다!"

"그렇습니다! 이 녀석 말이 맞습니다!"

두 대원의 말에 고개를 끄덕이며 명호는 책상 옆에 놓아둔 검을 챙기며 다시 물었다.

"그래, 알았다. 그럼 지금 정문은 누가 지키고 있는가?"

당연히 누군가 정문을 지키는 와중에 알리러 왔겠지 하는 명호의 생각을 단번에 부숴 버리는 대원의 말이 이어졌다.

"아, 그리고 보니 그 생각을 못했네."

"야, 난 네가 지키는 줄 알았는데?"

"……."

명호는 그 모습을 보고 어이가 없어 할 말을 잃어버렸다.

아니, 할 말이 생각나지 않았다.

어떻게 정문을 지키는 사람이 정문을 비워놓고 도망칠 생각을 했다는 말인가.

외인대의 쓸모없는 삼인방의 문제로 골치가 아팠던 명호는 머리가 깨어질 것 같았다.

그러나 아파할 시간이 없는 명호는 자신의 처지를 딱하게 여기며 대원에게 나직이 말했다.

"…깨워."

당연히 무슨 말인지 모르는 대원이 명호에게 물었다.

"예? 무슨 말씀을……?"

대원의 물음에 명호는 씹어 죽일 듯한 말투로 외쳤다.

"지금 당장 외인대 전원 깨워서 정문으로 데리고 나와!"

"아, 예!"

"가, 가겠습니다!"

명호의 말에 두 대원은 급하게 명호의 앞에서 사라졌다.

명호는 그 모습을 지켜본 후 검을 빼 들어 구석에 조용히 박아놓은 대주와 일규, 그리고 경환을 꺼내주었다.

새근새근.

쿨쿨.

"……."

정말 잘 자고 있는 그들의 모습에 명호는 속에서 다시금 무엇인가 끊어지는 소리가 들렸다.

조금이라도 반성하는 표정이나 눈치라도 있었으면 명호는 이성을 찾았을 것이다.

그러나 남궁철과 일규, 그리고 경환은 그런 명호의 소소한 바람을 깡그리 부숴 버렸다.

챙!

"이 빌어먹을 인간들! 오늘 너희는 그놈들 손에 죽기 전에 내 손에 먼저 죽는다! 크아아악!"

"음냐, 음냐. 음? 으? 벌써 아침인가? 아아아아악!"

"엄마, 조금만 더 잘게요. 우아아아악!"

외인대와 천마대의 혈투는 명호의 패기 넘치는 외침을 시작으로 서서히 막이 올라가고 있었다.

第六章

—이원생

"지금 그게 무슨 말이오?"

"무슨 말이긴, 그냥 말이지."

좀 시답지 않은 소리이긴 해도 틀린 말은 아니었다.

내 입에서 나온 말이 말이지 뭐겠는가. 그럼 개소리겠는가?

정육은 나의 이런 재치 넘치는 농담에 동조하지도, 웃지도 않고 나에게 다시 물어왔다.

"장난 그만 치시오. 당신 눈에는 이게 협상거리로 보이시오?"

왜? 안 되나?

나는 어제 정육을 강제로 재워놓고 상철지와 깊고 깊은 대화를 진지하게 나누었다.

그 덕분에 황충모에 대한 이야기를 매우 많이 알게 되었다.

또한 자신이 왜 야망에 목숨을 걸었는지에 대해서도 이야기해 주었다.

뭐, 이야기를 듣고 보니 상철지에 대해서 동정심이 생기긴 하였다.

하지만 그것이 운씨세가를 멸족시킨 이유는 되지 않았다.

아무튼 나와 상철지는 모종의 합의를 하였고, 정육은 아침에 일어나 나에게 그런 소리를 들었던 것이다.

"저놈은 내 부모보다 더한 사람과 친지보다 더 가까운 사람들을 죽인 천인공로한 놈이오!"

이런 반응은 예상을 한 바다.

그 어떤 놈이 철천지원수를 다 죽여 놓고 이제 살려주자고 하는데 반기를 표하지 않을 사람이 어디 있겠는가.

물론 상철지 이놈을 살려줄 생각은 없지만, 운씨 자매의 일이 마무리 지어질 때까지는 내 말에 고분고분해야 하지 않겠는가.

만약 내가 상철지를 나중에 처절하게 버릴 것이라고 미리 정육에게 언질을 해놨으면 상철지는 아마도 어설픈 정육을 통해 내 계획을 눈치챘을 것이다.

그것을 미연에 방지를 하고자 일부러 정육에게 속 터질 말만 골라하는 나였다.

"알아.. 아는데 어쩔 거야? 너 운씨 자매 구하고 싶지 않아?"

"그것은 저놈이 없어도 진행될 일이잖소!"

"만약 예상대로 진행되지 않으면 어떻게 할 건데?"

"다른 방법이 있지 않겠소!"

"그럼 네가 생각할래?"

"하지만!"

난 녀석의 말을 가로막으면서 말했다.

"지금으로서는 이게 최선의 방법이다. 또한 내 입에서 나온 말이니 반드시 지킬 것이고."

상철지와 내 양심에게 미안하지만 내 입에서 나온 말이어도 지키지 않을 때가 더 많았다.

술에 진탕 취해서 숙취로 죽을 뻔했을 때 얼마나 많은 다짐을 하였던가.

다시는 술을 마시지 않겠다고. 만약 마시면 나는 개라고 말이다.

그래서 결국에 개가 되었지.

정육은 나의 태연한 말에 분기를 삼키며 말했다.

"정녕 그것밖에는 없는 것이오?"

나는 정육에게 지금 우리가 하고자 하는 일이 무엇인지 다시 한 번 상기시켜 주었다.

"운씨 자매를 먼저 생각해라. 쓸데없이 분기를 터뜨렸다가는 될 일도 안 된다."

"…알겠소이다."

음, 내 말에 저렇게 순순히 대답한 적이 있었나?

녀석의 표정을 보니 왠지 내가 없을 때 일을 저지를 것 같은 느낌이 들어서 말을 덧붙였다.

"그리고 내가 없을 때 만약 상철지를 죽이거나 한다면 운씨 자매의 일이고 뭐고 나는 주저없이 장하현으로 다시 가버릴 거야. 알겠어?"

"……."

표정에 무슨 짓을 할 건지 다 쓰여 있는 놈에게 내 계획을 잠시나마 알리려고 한 나를 자책해 본다.

나는 녀석의 무언을 긍정으로 보고 슬슬 마차 밖으로 나갈 채비를 하였다.

아직 해가 어스름하게 떠 있지만 부지런을 떨어야 정오가 되기 전에 무림맹에 도착할 것이다.

달칵.

끼이익.

마차 문을 열고 나가자 상단의 움직임이 부산해지는 것이
보였다.

아침 먹을 준비를 하고 출발할 채비를 갖추는 것이 보통이
아니군.

하긴 저번에 개 주인하고 싸웠을 때도 후속 처리가 빨랐던
것을 보면 웬만큼 훈련이 되어 있는 사람들처럼 보였는데 말
이야.

화정 소저의 입장에서 저런 인력을 꾸렸다는 것만 보아도
대단한 여자임에 틀림없군.

화정 소저와 중원상단에 대해 이런저런 생각을 하는 도중
내 옆에서 걸걸한 목소리가 들려왔다.

"일어나셨소이까, 대협?"

나를 대협이라 칭하는 사람이 누군지 예상이 되긴 하지만
처음 만나는 상대가 덤덤한 아저씨라면 누가 반기겠는가.

이 상황에서는 반기긴 해야 하지만서도.

"아, 부단주이시구려. 이거 마음 써준 덕에 편안히 잘 잤습
니다. 고맙습니다."

나는 포권을 하고는 모팔모를 보며 말했다.

당연히 모팔모는 나를 향해 똑같이 포권을 하며 깊숙이 허

리까지 숙이면서 감사의 말을 전했다.

"무슨 말씀이십니까. 저희 상단이 대협에게 받은 것을 생각하면 정말로 별것이 없습니다."

이 아저씨가 처음 장하헌에서 봤을 때는 내 멱살을 잡고 나를 죽일까 말까 생각했던 그 아저씨인데 말이야.

역시 세상 살다 보니 이런저런 일이 생기는군.

나는 모 부단주의 어깨를 잡아 다시 일으켜 세우고는 별것 아니라는 듯 고개를 저어 보이며 말을 이었다.

"아닙니다. 제가 한 것이 뭐가 있다고. 오히려 부단주께서 수고하셨지요."

아니다. 내가 정말 수고가 많았던 것은 사실이다.

이런 걸 누가 척하니 알아봐 주고 나에게 커다란 돈 덩이라도 안겨주면 얼마나 좋을까?

나의 소망과 바람은 쓸모가 없었다.

모 부단주는 나의 말에 송구하다는 표정을 지어 보이면서 연신 차분하고 낮은 말투로 말을 계속하였다.

"무슨 말씀을요. 제가 한 것이 무엇이 있다고. 그건 그렇고, 이 은혜를 무엇으로 갚아야 할지 도무지 모르겠습니다."

돈, 돈, 돈!

이렇게 말하면 나를 돈에 미친놈으로 보겠지.

"괜찮습니다. 무언가 바라고 한 일도 아닌데요."

"그러지 마시고 무언가 바라는 것이 있다면 말씀해 보십시오. 저희 상단에서 해줄 수 있는 일이라면 해드리겠습니다."

모 부단주의 간곡한 부탁을 못 이기는 척할까?

에이, 하필이면 첫인상을 정직하고 올바른 모습으로 보여놓아 뭐라 말하지도 못하겠네.

이러니 첫인상을 잘 잡아놔야 하는 것인데, 쓰읍.

나는 속으로 쓴 입맛을 다시면서 무엇을 요구할 건지 곰곰이 생각해 보았다.

화정 소저에게 별로 부담 가지 않으면서 나에게 이익이 될 만한 것이 뭐가 있나?

아, 그리고 보니 그게 있군.

번뜩 머릿속을 지나가는 것이 이것을 말하면 되겠다 싶어서 모 부단주에게 말을 꺼냈다.

"부단주의 말씀이 이러하니 마냥 거절은 못하겠고, 실은 제가 하나 부탁드리고 싶은 것이 있습니다."

"무엇입니까? 허허, 포두님께서 자꾸 뜸을 들이시는 것이 무섭습니다. 허허허!"

하하하!

내가 정말 마음먹고 요구한다면 먼지도 남지 않고 다 털어먹을 자신이 있지만 화정 소저에게 그러겠는가.

나는 소탈하게 웃으면서 부단주에게 입을 열었다.

"하하, 그저 제가 적어드리는 것을 구해서 장하현에 있는 포관으로 보내주셨으면 합니다."

"보내드리는 거야 쉽지요. 이래 봬도 중원상단이지 않습니까. 한데 구해다 드릴 것이 무엇입니까?"

"그저 소박한 집 한 채 지을 재료를 부탁하는 것입니다. 너무 부담 가지실 필요는 없습니다. 하하."

만약 운씨 자매가 포관으로 이관되어 오면 머물 곳이 없다.

그래도 여자 둘이 있는데 집 한 채라도 지어줘야 하지 않겠는가.

집 짓는 거야 포졸들 돌아가면서 시키면 되는 일이고, 중원상단에 돈을 요구해서 사람을 쓸 수 있었다.

하지만 그러자니 쓸데없이 돈 쓰는 것 같아서 그냥 재료만 구해 달라는 것이다.

의외로 소박한 나의 요구를 듣고 부단주는 고개를 끄덕이며 물었다.

"어느 정도나 되는 집을 지으실 겁니까?"

"별로 크지 않습니다. 그저 방 두 개에 부엌 하나면 됩니다."

"허허, 이거 중원상단을 너무 가볍게 보시는 것 아닙니까? 저희 은인에게 집을 선물하는 일인데 고작 그것 가지고 되겠습니까. 제가 알아서 무림맹에 도착하자마자 상단에 전서구를 띄워 따로 보내놓도록 하겠습니다."

굳이 주겠다는 것을 거부할 내가 아니다.

재료가 남으면 목재상에 다시 되팔 수도 있고, 어차피 크게 짓더라도 내가 짓는 것도 아니니 별 상관없다.

"그래 주신다면야 굳이 거절하지 않겠습니다. 하하하!"

"별말씀을요. 허허. 아, 그리고 보니 아침이 다 되었나 봅니다. 저쪽으로 가시지요."

흐흐흐, 아침부터 이런 횡재라니, 오늘 하루는 왠지 좋은 일이 가득할 것 같군.

나는 부단주를 따라서 맛있는 냄새가 모락모락 나는 곳으로 향했다.

냄새를 보아하니 야채와 고기를 넣어서 간단하게 한 끼 해결할 수 있는 고기 죽 같았다.

역시 아침에는 속에 부담 없이 죽을 먹어주어야지.

거기다 냄새를 보아하니 숙수가 끓인 듯 보이는데 말이야.

스읍. 꿀꺽. 침이 절로 넘어가는군.

연신 침샘을 자극하는 냄새의 진원지로 다가가자 아침을 먼저 시작하고 하고 있는 상단원들이 가볍게 목례를 하며 나와 부단주를 반겼다.

그중에서도 가장 반갑게 맞이해 주는 화정 소저가 있었다.

"어머, 두 분, 같이 오시네요. 후후. 보기 좋은데요?"

활달하면서도 뭔가 약한 구석이 느껴지는 미성(美聲)이 들리자 잡생각이 사라지는 듯하다.

어후, 아침부터 저런 얼굴에 활짝 웃어 보이면 내 간이고 쓸개고 다 꺼내주고 싶은 생각이 들잖아.

당장 배라도 갈라서 뭔가 주고 싶은 생각을 간신히 접은 나는 화정 소저에게 멍청한 웃음을 지으면서 대답했다.

"헤헤헤, 뭐, 좋게 보이면 다행이지요."

순간적으로 나온 웃음이라서 이제껏 내가 보여준 모습과는 괴리감이 있었다.

하나 이건 미녀를 보면 본능적으로 나오는 남자의 생리현상과 비슷한 것이다.

이런 나의 모습에 잠시 고개를 갸웃거린 화정 소저는 곧이어 대답하는 부단주의 목소리에 집중하였다.

"허허, 잘 주무셨습니까, 단주님?"

"예, 물론이죠. 한데 다친 곳은 좀 어떠신가요?"

"허허, 제 몸 걱정은 하지 마십시오. 어디 제가 보통 사람입니까. 허허허."

허세 좋게 받아 넘기면서 말하는 부단주의 말에 화정 소저도 같이 화답하며 웃음꽃이 피었다.

난 그 둘의 대화를 흐뭇하게 지켜보면서 부단주의 몸을 보왔다.

모르긴 해도 저 나이에 저만큼 상처가 났으면 근 한 달은 정양하면서 누워 있어야 하는데 너무 무리하게 움직였군.

뭐, 상황이 상황인 만큼 어쩔 수 없다고 하겠지만, 다시 무리한 움직임을 보인다면 쓰러질 공산이 크겠어.

"후후후! 역시 부단주님이세요. 아참, 그리고 보니 내 정신 좀 봐. 여기 부단주님과 포두님 아침이에요."

부단주의 몸 상태를 파악하는 게 끝날 무렵, 화정 소저가 두 손에 들린 죽사발을 나와 부단주에게 내밀었다.

"어우, 감사합니다."

"허허, 잘 먹겠습니다, 단주님."

나와 부단주는 죽을 받아 들고 화정 소저와 함께 바닥에 자리를 깔고 앉았다.

나는 엉덩이를 바닥에 붙이자마자 죽을 들여다보며 상태를 파악했다.

흐흠, 역시 내 예상을 틀리지 않았어.

보기 좋은 떡이 먹기도 좋다고 이 정도의 질 좋은 죽은 보기만 해도 알 수 있다니까.

달가닥.

푹.

수저를 냉큼 죽에다가 집어넣고 한 숟갈을 떠먹으려고 하

는데,

"아!"

내 입에서 탄성이 튀어나왔다.

죽이 너무나 맛있다든지 냄새가 환상적이라든지 그런 문제가 아니었다.

정육과 상철지 그놈을 챙겨줘야 한다는 생각이 들었던 것이다.

나의 탄성에 부단주와 화정 소저는 동시에 고개를 돌리며 나에게 물었다.

"무슨 일이 있나요, 포두님?"

"허허, 갑자기 왜 그러십니까? 죽이 마음에 안 드십니까?"

"아아, 별일은 아닙니다. 그리고 죽은 굉장히 맛있게 보이니 걱정하지 마십시오. 단지 제 마차에 있는 사람들이 생각나서 그렇습니다."

내 대답에 부단주는 걱정하지 말라는 투로 이야기하였다.

"걱정 마십시오. 허허, 이미 다 조치해 놓았습니다. 그 두 사람도 지금쯤이면 아침을 먹고 있을 겁니다."

오, 나도 지금 생각난 일을 생판 남인 부단주가 처리해 주다니.

어쨌거나 그 두 놈도 아침을 먹을 것이니 다행이군.

나는 감사의 말을 전한 후 죽을 떠서 입안으로 집어넣었다.

으음, 맛있군. 마치 집에서 어머니가 해준 죽과 비견될 정도야.

속으로 연신 감탄사를 내뱉으면서 죽을 먹고 부단주는 상단원과 함께 정리를 하고 다시 출발할 준비를 하였다.

이제 슬슬 나도 마차로 가서 출발 준비를 해볼까나.

"웃차!"

바닥에서 벌떡 일어나자 갑자기 몰려오는 나른함에 기지개를 쭈욱 펴야 했다.

으으윽! 나도 나이를 먹나? 요즘은 몸이 예전 같지 않단 말이야.

하긴, 군문에 있을 때는 하루가 멀다 하고 긴장 상태였으니 몸이 뻐근할 시간도 없었다.

심지어 황실에서 근무할 때도 매일 긴장의 연속이었건만.

지금 이렇게 한가한 것이 몸에 적응되니 서서히 군인 티를 벗어나는 건가?

이런저런 쓸데없는 생각을 하다 보니 어느새 마차 앞에 도착해 있다.

늑대들도 아침으로 무엇을 먹었는지는 모르겠지만 포만감에 하품을 늘어지게 하고 있다.

왠지 그 한가로운 모습이 기분 나빠서 내 마차를 끌던 늑대의 꼬리를 지그시 밟아주었다.

꾸욱!

케헹!

그러자 녀석은 감히 누가 자신의 꼬리를 밟은 건지 그 누군가를 보기 위해 이빨을 드러내며 쳐다보았다.

크르르륵!

그리고 내 모습이 보이자 녀석은 드러냈던 이빨을 다소곳이 접었다.

끼잉, 끄응.

만약 내가 아니라 다른 사람이 밟았으면 저 살기 넘치는 눈을 쳐다보고 뭔가 지리고 말았을 것이다.

크크크, 이놈들, 아직도 정신을 못 차렸군.

나는 냅다 녀석의 꼬리를 한 번 더 밟아버렸다.

콰직!

케헹! 컹컹! 끄응!

그러니 항상 긴장하고 살아라. 알겠냐?

난 늑대에게 삶의 교훈을 내린 후 마차에 올라섰다.

그러나 마차 안으로 들어가지는 않고 마부석에 자리를 잡았다.

어차피 마차 안으로 들어가 봤자 정육이 또 쓸데없는 소리를 해댈 것이고, 상철지도 뭔가 갈구하는 눈빛을 보이며 불안해할 것이다.

차라리 안 보는 게 낫지.

그 모습을 보면서 그렇지 않아도 복잡한 머리를 굴려대며 어떻게 풀어나가야 할지 생각하기는 싫었다.

슥.

쫘악.

나는 마부석에 있는 가죽을 덧댄 줄을 잡았다.

겨울이라서 그런지 가죽은 얼어 있었지만 내 손이 닿자마자 녹기 시작하였다.

어차피 방향을 정하는 줄이 없어도 늑대는 앞의 마차를 따라서 갈 것인데 뭐하러 줄을 잡지?

스스로 의문이 들었지만 그래도 마부석에 앉아서 팔짱을 끼고 있는 것보다는 낫지 않겠나 싶다.

곧이어 상단 전체가 모 부단주의 말에 따라 서서히 움직이지 시작하였다.

"정오가 되기 전에 무림맹에 도착할 것이니 짐을 옮기는 쟁자수들은 잠을 청하지 말고 대기하고 있거라! 그럼 출발한다!"

부단주의 말과 함께 늑대들이 자리에서 일어나 서서히 마차를 끌었다.

덜커덩!

쿠쿵!

마차는 육중한 소리와 함께 늑대가 힘을 주는 방향에 따라서 앞으로 움직였고, 서서히 속도가 붙기 시작하였다.

그리고 그 순간, 갑자기 내가 있는 마부석으로 누군가 재빨리 올라타는 것이 아닌가?

"음?"

당연히 나는 고개를 돌려 그 의문의 사람을 쳐다보았다.

거기에는 왠지 쑥스러운 듯이 웃고 있는 화정 소저가 있었다.

"동석해도 되죠? 헤."

말이라고 하는가.

나는 냉큼 대답했다.

"영광입지요."

나의 말에 화정 소저는 배시시 웃으면서 앞을 쳐다보고 무언가를 말하려는 듯이 우물쭈물했다.

말하려는 것이 무엇인지 궁금하기도 하였지만, 일단 이 상황에 대해서 쓸데없는 오해를 없애기 위해 화정 소저에게 물었다.

"한데 여기는 어쩐 일로……?"

말을 먼저 걸자 화정 소저는 말을 더듬으며 눈을 꼬옥 감고 대답하였다.

"오, 오늘이 포두님과 있는 마지막 날이잖아요."

그렇긴 하지.

무림맹으로 들어가면 나는 바로 화산파가 있는 곳으로 갈 테고, 화정 소저는 또 어디론가 가겠지.

"생각해 보니 그렇군요."

내 말이 언뜻 듣기에는 무신경하게 들릴지 몰라도 여자 앞에서 이런 평상심을 유지하는 것이 얼마나 많은 심력을 소모하는지 아무도 모를 것이다.

여자 앞에서 괜히 긴장하여 있는 말 없는 말 다 꺼내놓아 그 상황을 파토 낸 것이 수없이 많은 나다.

헉헉헉!

어제처럼 코피 쏟으면 안 되는데.

화정 소저는 나의 말에 아쉬운 듯한 표정과 말투로 말했다.

"포두님은 저와 이렇게 헤어지는 것이 아쉽지 않으세요?"

당연히 아쉽지! 아쉽고말고!

차라리 평생 중원상단의 뒤만 쫓아다닐까 보다!

후우후우!

진정하자, 원생아. 너의 인생을 그렇게 간단하게 바치면 안 된다.

못내 아쉬움을 표현하며 말하는 화정 소저에게 나는 차분하게 대답해 주었다.

"저도 아쉽습니다."

그러자 화정 소저는 고개를 갑자기 내게로 돌려 나를 쳐다보며 확신에 찬 목소리로 말하였다.

하지만 그것보다도 내 기감을 자극하는 것이 마차가 달리고 있는 절벽 위에서 묘하게 뿜어져 나오고 있었다.

"그럼 제가 이 일을 그만두게 된다면 포두님과 같이……!"

"피하십시오!"

"꺄악!"

덜컥!

휙!

나는 말과 동시에 화정 소저를 마차 안으로 던지듯이 피신시키고 꺼림칙한 기운이 도는 위를 쳐다보았다.

그리고 그 순간 절벽에서 무수히 많은 화살이 떠오르는 태양마저 가릴 기세로 마차를 향해서 떨어져 내리기 시작한 게 아닌가!

나 참, 어처구니가 없어서!

나는 매가 약이라는 상고의 진리를 알려주기 위해서 중단전을 풀어버렸다.

그리고 세차게 떨어지는 화살더미를 분노의 시선으로 쳐다보고는 근원지가 어디인지 파악하기 시작하였다.

벌써 세 번째다, 세 번째!

이것은 필시 하늘에서 내 연애를 방해하려고 특단의 대책이라도 세운 것이다!

내 기필코, 반드시, 하늘에서 어떠한 역경과 고난을 주더라도 연애를 해보고 말겠다, 이놈들아!

하늘에 대한 분노와 원망과 독기가 가득 담긴 주먹을 불끈 쥐고는 전심지체를 끌어올렸다.

생각하는 대로 몸이 움직이고 마음 가는 대로 몸이 흘러가는 중원 최고의 박투이자 무공!

내가 전심지체를 끌어올리는 동안, 쏟아져 내리는 화살을 보며 모 부단주는 재빨리 상단 전체에 외쳤다.

"나와 있는 모든 인원은 마차 밑으로 피하라! 또한 마차 안에 있는 사람은 내 지시가 떨어지기 전까지는 밖으로 몸을 내밀지 말라!"

적절한 판단과 명령이 떨어지는 외침을 듣고 중원상단의 인원은 전부 마차 아래로 재빨리 들어갔다.

한데 늑대들은?

나는 불현듯 떠오르는 의문에 늑대가 있는 쪽으로 고개를 돌렸다.

늑대들은 하나같이 나를 쳐다보며 '설마하니 버리겠어?'라는 눈빛으로 바라보고 있었다.

저놈들이 사람 말을 알아듣는다면 당연히 버리겠다고 당당하게 말하겠지만 미물이지 않는가.

"그래, 네놈들도 쓸모가 있지."

스스로에게 말하며 난 늑대가 묶여 있는 사슬을 전부 풀어 주었다.

그리고 늑대를 전부 마차 아래로 넣은 뒤 나는 서슴없이 절벽을 타고 뛰어올라갔다.

어차피 화살비야 사람은 전부 안전한 곳으로 대피했는데 막아서 무엇을 하겠는가.

쓸데없이 거기다 힘쓸 바에는 화살을 쏜 놈들을 하나라도 더 때려잡아야지.

화살의 방향을 보니 제법 절벽 끝에서 쏘았어도 바람의 방향을 읽고 거리가 있어 보였다.

더군다나 화살의 생김새를 보니 사정거리가 꽤 있을 때 사용하는 활대와 화살촉이 한눈에 들어왔다.

전쟁에서 굴러먹은 지 몇 년인데 그것 하나 파악하지 못하겠는가.

척하면 착이지.

대충 올려 쏜 각도를 파악하고 화살 개수를 봤을 때 거의 이백여 명쯤 되어 보인다.

나는 별로 높지 않은 절벽에 올라 그 많은 인원수가 포진되어 있는 곳을 찾았다.

이 한가한 곳에서 많은 사람이 모여서 즐겁게 화살을 날리는 곳을 찾기란 별로 어렵지 않았다.

비은. 청풍행(淸風行)!

밝은 날에 은밀하게 상대방에게 가는 방법은 많지 않다.

그러나 침투나 암행을 할 때 비은은 언제 어디서나 그 지랄맞은 훈련을 겪어내고 배웠다는 것을 후회하지 않게 해주었다.

스스슥.

바람에 쓸리는 눈처럼 나는 바닥을 스치듯이 조용히, 그리고 눈치채지 못하게 그들에게 접근하였다.

마치 오래전부터 거기에 있었던 것처럼 자연스럽게 말이다.

그나저나 단체로 이 밝은 날에 흑색의 무복을 갖춰 입으면 어쩌자는 말이냐?

이것은 마치 나는 어딘가 습격한다고 알려주는 꼴이 아닌가?

도대체 누가 이런 생각 없는 병력 운영을 하는지 알아보기 위해 자리를 앞쪽으로 옮겼다.

그러자 거기에는 어제도 보았던 개 주인이 떡하니 버티고 서 있다.

참, 저놈도 목숨 줄 질기군.

어차피 죽일 마음도 없지만 그렇게 당했으면 이만 포기해야 하는 것이 아닌가?

네놈의 도전 정신에 박수를 보내마.

물론 이 상황을 정리하고 나서 말이다.

흐흠. 아무튼 이 많은 병력을 어떻게 조용히 처리하나?

처음에는 눈에 뵈는 게 없어서 일단 나 족쳐놓고 생각하려고 하였다.

하지만 이백 명이 넘는 인원수를 실제로 보니 하나라도 놓치지 않고 다 잡아 족칠 수는 없겠다 싶다.

난 그 중요한 순간을 방해한 여기 모인 전부를 용서할 생각이 없었다.

흐흐흐, 도대체 어떻게 해야 이놈들에게 공포감을 심어줄 수가 있지?

생각이 계속되는 와중에 개 주인이 조용하고 나직한 말로 자신이 이끄는 무리에게 말했다.

"전부 병장기를 꺼내 들고 따라오거라. 저기에 매복한 다음 마차가 화살을 피해서 올 때 치도록 한다. 그리고 이번 싸움은 생존자가 없어야 한다. 내 말이 무슨 뜻인지 알겠느냐?"

개 주인의 말에 흑색의 무리는 고개를 끄덕이는 것으로 대답을 대신하였다.

또한 나도 개 주인의 심금을 울리는 말을 듣고 나니 웃겨서 말이 나오지 않을 지경이다.

애당초 매복하는데 병장기를 왜 꺼내 드는가?

날씨가 추웠다면 이해를 한다.

검이나 도 같은 것들은 미리 꺼내두지 않으면 얼어서 착검이 되지 않으니 말이다.

한데 지금의 날씨는 약간 쌀쌀하긴 하여도 도집이나 검집이 얼어붙을 정도는 아니다.

그런데 병장기를 꺼내 들라고?

떠오르는 햇빛에 병장기가 반사되어 '나 여기 매복하고 있소'라고 보여주려는 참인가?

개 주인이 무식한 놈인 줄은 알았지만 내 평가를 고쳐야겠다.

이건 무식한 정도가 아니라 그냥 백치다, 백치.

내가 이런 놈을 상대로 힘을 써야 한다는 것이 수치라고 느껴질 정도다.

나는 슬그머니 움직여서 다시 복면인 무리의 맨 뒤로 이동하였다.

그와 동시에 개 주인은 최대한 지면과 몸을 가까이하여 서서히 자신이 매복하려는 장소로 몸을 옮기고 있다.

자박자박.

뿌득, 뿌드득.

주변에는 오로지 많은 사람이 눈길을 걷는 소리밖에 들리지 않았다.

새소리도 짐승의 울부짖음도 없었다.

조용한 평야.

흠, 나도 무슨 조치를 취하기는 해야겠어.

중원상단을 저 많은 인원이 동시에 기습한다면 난장판이 되기도 하거니와 쓸데없는 사상자가 발생할 수도 있다.

나는 일단 이놈들을 전부 기절시킬 요량으로 녀석들의 뒤에서 한 명 한 명에게 접근하여 목을 졸랐다.

목을 졸라서 기절시키는 방법은 고금 이래로 많은 발전을 거듭하여 내 손에서 완성되었는데, 방법이랄 것까지도 없다.

그저 목에서 머리로 올라가는 두 개의 혈관만 막아주면 되었다.

그 위치는 정확히 이곳이지.

팍!

우극!

한 팔로 목을 감싸고 다른 팔로 뒤통수를 잡아 고개를 앞으로 젖혔다.

툭.

정신을 잃고 바로 쓰러지는 한 명.

나는 그렇게 그들이 매복하려는 곳에 도착하는 순간까지 한 명씩 목을 졸라 바닥에 쓰러뜨려 놓았다.

일체의 망설임도 군더더기도 없는 깔끔한 내 실력에 내 스스로 감탄을 금치 못하는 순간이다.

이 많은 인원을 언제 한 명 한 명 목을 졸라 기절시키나 처음에는 고민이 되었지만 차근차근 해가다 보니 제법 빠른 시간에 정리가 되었다.

난 오로지 개 주인 혼자만 남겨놓은 상황을 만들어놓은 것이다.

곧이어 화살에서 벗어난 중원상단의 마차가 내 눈과 개 주인에게 똑같이 보였다.

개 주인이 비장한 각오로 뒤를 돌아보며 외쳤다.

"자! 전원 공격… 어?"

개 주인 놈은 그 많던 병력은 어디 가고 나만 멀뚱히 서 있자 매우 당황한 듯하였다.

뭐, 당연히 당황하겠지.

이 상황에서 당황하지 않고 배길 사람이 몇이나 되겠는가.

나는 일단 녀석에게 미안하다고 해주었다.

"이거 죄송합니다. 데리고 오신 분들은 좀 재워놨습니다. 하하하!"

"너, 너, 네가 어찌……?"

"거참, 왜 삿대질을 하십니까. 잘 알고 지낸 사이도 아닌데."

잘 알고 지낸 사이라도 삿대질은 하지 말아야 하는 것이다.

한데 저 개 주인은 교양 없이 나에게 삿대질을 하는 것이 아닌가.

"아니다. 이건 말도 안 돼. 이게 도대체……."

현실 부정은 예로부터 치료법이 없다.

오로지 차분하고 이성적으로 패는 게 답이다.

악을 쓰면서 말이 되는 상황을 자꾸 말이 되지 않는다고 외치던 개 주인은 눈을 부릅뜨고 뭔가 결심한 듯 외쳤다.

"그래, 이건 꿈이다! 꿈일 수밖에 없어! 그러니 내 앞에 있는 저놈도 허상일 뿐이다!"

미쳤나?

뭐, 생각해 보면 이해 못할 일도 아니다.

자신의 일에 사사건건 내가 나타나서 방해를 해댔으니 이해는 한다.

그렇지만 그 일의 최대 피해자는 결국 나 자신이 아닌가?

저놈 때문에 결국 늑대를 잡아서 관아에 넘기지 못해 돈을 잃었으며, 그 일 때문에 화정 소저와 엮여서 이곳까지 왔고, 상철지를 만나게 됨으로써 일을 더욱더 복잡하게 꼬여 놨으니.

결국 이놈이 저지른 일로 가장 피해를 많이 본 사람은 나다.

이거 그렇게 생각하니 괜히 또 열 받네?

확 여기에 묻어버릴까?

"허상아, 냉큼 내 앞에서 사라지거라! 야패권각! 호권!"

저놈의 생사를 어떻게 할까 심도 있게 고민하고 있을 무렵,

녀석은 자신의 명줄을 짧게 만들 묘안을 생각해 내었는지 나를 공격하기 시작했다.

나는 호랑이의 기운이 담긴 권이라고 내지른 개주인의 공격을 옆으로 흘리면서 말했다.

좌악!

슥!

"말만 호권이고 실려 있는 기운은 묘권(猫券)이네. 그렇게 할퀴어서 어디 흉터라도 나겠어?"

"크악! 이놈, 말을 함부로 내뱉지 마라! 야패권각! 사권(蛇券)!"

쉬리릭!

내지른 권을 그대로 변형하여 내 목을 휘감듯이 다가오는 개 주인의 팔을 피하기도 귀찮아 머리를 움직여 녀석의 바깥쪽 팔꿈치를 밀어버렸다.

턱!

움찔.

사람의 팔이 어떻게 뱀처럼 휘감아 들어올 수 있겠는가.

그저 팔꿈치나 손목, 그리고 어깨의 관절을 최대한 이용해서 뱀의 움직임과 비슷하게 보이는 것이다.

물론 팔의 관절이 전부 제 소임을 다해야지 비슷하게 보이는 것도 가능하지, 나처럼 팔꿈치를 쳐버리면 뱀이고 뭐고 중심 잡기 급급할 것이다.

"윽! 하앗!"

휘청!

터턱!

이야! 그래도 반사신경 하나는 뛰어나군.

머리로 민 힘에 저항하지 않고 그대로 받아들여 회전하며 착지하는 것을 보니 말이다.

그래도 이렇게 실력 차이를 보여줬으면 그만할 법도 하지 않나?

나의 이런 물음에 반박이라도 하듯이 개 주인의 연속된 공격은 계속되었다.

"야패권각! 어중출사(漁中出死)!"

물고기가 뛰어오르니 죽는다고?

정말 누가 무공 명을 정했는지 몰라도 작명 공부를 권해주고 싶다.

개 주인은 착지한 다음 그대로 몸을 솟구쳐 오르면서 무공 이름대로 물고기가 물에서 튀어 오르는 듯한 움직임을 보여

주었다.

그래도 그 모습이 여간 위력적이라 나는 몸을 흔들어 뒤로 빠져나왔다.

스륵.

자연스럽게 뒤로 회피하는 나의 모습에 뭐가 그리 신이 났는지 녀석은 나의 도전 정신을 불러일으키는 말을 하였다.

"언제까지 피하는지 보겠다!"

음, 계속 피하면 어떻게 되는지 볼까?

저렇게 자신 있게 말하는데 계속 피해줘야 할 것 같은 기분이 든다.

"아패권각! 조권(鳥券)!"

연계 기술 하나는 좋네.

그만큼 경험이 많다는 것이겠지.

상대만 잘 만났으면 좋은 비무가 벌어졌을지도 모르겠는데 말이야.

뛰어오른 상태에서 몸을 꺾어 뒤로 몸을 피한 나에게 두 손을 들어 새의 발톱을 연상시키는 자세를 하며 달려드는 개 주인.

새는 뭐로 잡아야 하나? 아, 그물로 잡아야지?

"전심지체. 천지결망(天地結網)."

이름은 이렇게 거창하게 지어야 하는 것이다.

물론 실현되는 무공도 이름만큼 천지를 옭아맬 그물을 펴는 것이고.

오로지 기만을 이용하여 실을 뽑아낸다는 다소 황당하고도 무식한 생각을 한 적이 있다.

내공 소모는 심하지만 일대일의 결투 같은 경우 특별한 외상이나 내상 없이 싸우지 않고 쉽게 상대방을 제압하기도 하거니와 더욱이 손을 쓰지 않아 귀찮음이 덜했다.

차라락!

슬렁슬렁.

내가 뽑은 기의 그물은 녀석이 발톱을 들어 공격해 오던 길목을 막아버렸다.

녀석은 당최 어떻게 된 영문인지 모르고 공중에서 허둥지둥하였다.

"헙! 이건 도대체……?'

뒷짐을 지고 서서 개 주인이 공중에서 허덕이는 모습을 멀뚱히 지켜보는 것은 예의가 아닌 것 같아서 녀석에게 말을 걸었다.

"이제 실력 차이가 좀 느껴지나?'

"도, 도대체 이게 무슨 사술이냐?'

무림인들의 나쁜 버릇이 이거다.

쉽사리 패배를 인정하지 못하고 무슨 꿍꿍이가 있다고 생각하는 것 말이다.

후우! 세상이 왜 이렇게 변한 건지 모르겠다. 직접 맞아봐야 말을 듣는 세상이라니.

나는 천지결망을 풀어버리고 동시에 기수식을 취하였다.

쿠당!

"큭!"

별로 높이는 안 되어 보이는데 당황해서 그런지 개 주인은 중심을 잡지 못하고 바닥을 뒹굴었다.

녀석, 그렇게 항상 사람은 긴장하고 살아야 한단다.

"크윽! 이깟 사술로 날 가지고 노는 것이냐!"

놈의 말에 별로 대꾸할 필요가 없어서 그저 박투를 할 자세를 취한 채로 손을 들어 들어오라는 표시를 하면서 말했다.

"덤벼. 실력 차이가 뭔지 보여주지."

그러자 녀석은 손을 피가 나게 쥐어 보이면서 어금니를 굳게 악물며 분노에 가득 차 씹어 먹는 듯한 말투로 내 말에 대꾸했다.

"내 반드시 네놈의 심장을 꺼내어 산 채로 씹어 먹어주겠다, 이노오옴!"

꿈은 야무지군.

나는 대답 대신 먼저 선공을 취했다. 녀석의 기세도 꺾어줄 겸 해서 말이다.

"전심지체. 뇌극."

뇌뢰극살과는 차원이 다르다.

뇌뢰극살은 그저 한번 뽑으면 반드시 뭔가를 뚫고 지나가야 했지만, 뇌극은 그저 자극만 주는 그저 빠른 정권 지르기랄까.

스팟!

파직!

"또 어떠한 사술을 부릴… 흡!"

녀석과 나의 거리는 못해도 삼 장 정도 되어 보이는 거리다.

난 그 거리를 단숨에 뛰어넘어 녀석의 코앞으로 주먹을 가져다 댔다.

"무림에선 고수가 하수에게 삼 초를 양보한다며? 나는 파격적으로 너를 세 번 살려주마. 어때, 나의 이 비단결 같은 마음이?"

"……?"

"뭐해, 덤비지 않고? 이제 두 번 남았다."

"이, 이럴 수는 없다! 이럴 수는 없어! 도대체 네놈은 누구냐? 도대체 정체가 뭐야?"

내 정체를 묻는다면 친절하게 알려줘야지.

"나로 말할 것 같으면 중원 전체에 평화와 사랑을 전해주고 다니는 정의로운 협객이자 이 세상 마지막 남은 총각이다, 이 개 장수야!"

마지막에 무언가 살짝 어긋나긴 했지만 틀린 말은 아니니 넘어가지, 뭐.

나의 다소 울분이 담은 말에 개 주인은 정말 무슨 개소리냐는 듯이 나를 쳐다보며 중얼거렸다.

"도대체 그게 무슨……. 그리고 정녕 이게 현실이라는 말인가."

아직 맞지도 않았는데 벌써 현실을 깨닫다니. 난 인정할 수 없다.

놈에게 나는 희망을 심어주기 위해 그 말에 대답해 주는 성의를 보였다.

"아니, 이건 꿈이야. 네 앞의 나는 허상일 뿐이고, 그래서 이렇게 때리지 못하고 가만히 있는 거잖아."

타이르는 듯한 나의 말에 개 주인은 혼란스러운 표정을 지어 보이면서 내 주먹에서 멀어져 뒤로 물러섰다.

"저, 정말 꿈인가? 그럼 어떻게 해야 이 꿈에서 깰 수 있단 말인가!"

"간단해. 날 없애면 되는 거야."

"그럼 정말 이 꿈에서 깨어날 수 있는 건가?"

"내가 거짓말하는 거 봤어?"

내가 진실을 말하는 것도 보지 못했겠지.

아무튼 녀석은 내가 하는 말을 진심으로 믿어 보이는 눈치다.

이야, 잘 속네.

녀석은 다시 주먹을 불끈 쥐어 보이면서 전의를 불태웠다.

"그, 그럼 주, 죽어라! 야패권각! 구엽격각(九葉擊脚)!"

아홉 개의 나뭇잎을 때리는 다리라…….

무공을 배운 곳이 아마 남만이라고 추측한다.

자연에서 살아남기 위해 무공을 발전시킨 그들의 무공은 모든 것이 자연에서 터득하고 배운 것들이니 저런 상식에 벗어난 박투술도 이해는 간다.

파파팍!

순식간에 아홉 번의 발차기가 내 몸을 밟고 지나간 듯했지만, 아쉽게도 내 옷 근처에도 와보지 못했다.

그 아홉 번의 발차기가 불특정하게 내 몸으로 들어왔다면 하나쯤 맞아줄 용의도 있었지만, 너무도 정직하게 직선거리로 내뻗는 발차기를 맞아줄 마음도 아량도 없는 나다.

"흐윽! 이, 이것도 피하는지 보겠다!"

녀석은 자신의 발이 내 몸에 닿은 촉감이 없는 것을 느끼고 곧바로 다음 공격을 준비하며 자세를 고쳤다.

나는 그 빈틈을 노리지 않을 수가 없었다.

때려달라고 저리 빈틈을 보여주는데 어찌 가지 않을 수 있겠는가!

즉시 몸을 회전하여 녀석의 옆구리를 박살 낼 정도의 힘을 실었다.

아무리 야수 같은 반사 신경을 가지고 있다고는 하나, 정신이 없는 상태에서 내 전광석화와 같은 발차기를 막는 것은 무리다.

"어, 큽!"

녀석은 내 발차기를 보고 반응하고 옆구리를 바짝 웅크린 채로 충격에 대비하는 모습을 보였지만 난 순식간에 힘을 죽여 발을 녀석의 옆구리에 그저 가져만 대고는 말했다.

살짝.

"두 번째."

사람이 말을 내뱉었으면 지켜야 하는 법.

이제 마지막 세 번째 기회를 녀석이 어떻게 쓰느냐가 궁금해지는 시점이다.

"그, 그래, 오냐. 어디 내 마지막 초식까지 피해내는지 한 번 보겠다. 흐아아압!"

말을 마치자마자 기를 끌어올리는 모습을 보여주는 개 주인이다.

나는 개 주인의 마지막 초식을 감상할 요량으로 다시 기수식을 취하면서 경계의 자세를 취했다.

이윽고 개 주인은 자신의 몸이 터질 듯이 힘을 주더니 세상 떠나가라 외치며 나에게 뛰어들어왔다.

"야패권각! 용패무쌍!"

콰득!

투왕!

놈이 밟은 자리에 깊은 흔적이 남기면서 무언가 세차게 팅겨져 나오는 소리가 들렸다.

심지어 내 눈에도 잔상만이 보이는 절정의 무공.

하지만 난 맞아줄 생각이 없다.

비은. 잔영(潺影)!

물이 흐르는 강에 비친 그림자를 보았는가!

아무리 거센 물길이 와도 결코 물에 비친 그림자를 지울 수 없는 법.

"죽어라! 그리고 난 이 악몽에서 벗어나겠다!"

녀석은 내가 있던 자리를 박살 내며 내리꽂혔다.

콰과과광!

듣기보다는 그렇게 과격하지는 않은 것 같군.

땅은 깊이 파이기는 했는데 파편이 튀어 나간 자리가 그리 넓지 않은 것 같으니 말이다.

난 개 주인의 뒤에 서서 무공의 파괴력이 얼마만큼 되는지 지켜보았다.

물론 개 주인은 내가 자신의 뒤에 서 있는 것을 까마득하게 몰랐지만.

"그래, 드디어, 드디어 놈을 내가 없앴다! 크하하하!"

기분이 좋은가 보군. 후후후.

난 상큼하게 즐거워하는 녀석의 뒤통수를 세차게 때리며 말했다.

따악!

"다 놀았냐? 그럼 이제 내 차례지?"

"윽! 서, 설마……?"

"그래, 그 설마야. 흐흐흐. 우리 한번 재미있게 놀아보자구. 차분하게 대화도 나누고 말이야. 흐흐흐."

"사, 사, 사람 살……!"

나와 개 주인은 평화롭고 이성적이며 차분하면서도 교양 있는 토론을 시작했다.

물론 그전에 좀 패고 말이다.

"으아아아아악!"

第七章

외인대의 냉혈한이자 불같은 성격으로 유명한 명호는 지금 외인대 앞에 나타난 정체불명의 복면인들과 마주 섰다.

그들은 하나같이 붉은 복면을 하고 있었다.

복면 말고는 복장과 들고 있는 병장기가 가지가지인 것이 어찌 보면 오합지졸 같아 보이기도 하였다.

그러나 오합지졸이라고 하기에는 갈무리하고 있는 기운이 예사롭지 않은 것이 명호가 예상하기로는 어느 문파에서 특화해 키워낸 인원임을 직감적으로 알 수 있었다.

명호는 정체불명의 복면인들에게 먼저 말을 건네며 물었다.

"무림맹에 볼일이 있어서 온 것이오?"

명호의 물음에 괴한 중 한 명이 나서더니 곧장 대답했다.

"볼일은 없소만. 그저 우리는 이곳을 지나가는 도중에 이곳 문지기로부터 기습을 당했소이다. 연유도 설명해 주지 않고 공격해 대는 통에 우리는 본의 아니게 피해를 입었고 말이오."

천마대의 본래 목적은 하나다.

그저 무림맹에 적절한 분란만 야기하고 빠지는 것이 그 목적이다.

그리고 그 목적을 이루기 위해서 지금 천마대는 생떼 아닌 생떼를 부리면서 외인대에게 따지고 있는 것이다.

명호는 당연히 천마대의 말이 거짓인 줄 알지만 여기서 더 큰일이 터지기 전에 마무리 짓는 걸로 마음먹었다.

정문에서 무슨 일이 터지면 잘 해결한다고 해도 문책을 벗어나기 힘들다.

자신들은 상관이 없지만 외인대의 대주인 남궁철에게 떨어지는 문책은 분명히 심할 것이라고 예상하는 외인대였다.

"그럼 사죄를 한다면 물러들 가실 것이오?"

명호의 말에 천마대 일원은 고개를 끄덕거리면서 말했다.

"우리도 여기서 더 분란을 일으키고 싶지 않소이다. 진심 어린 사과만 있으면 물러나리다."

천마대의 말이 떨어지자마자 명호는 뒤에서 대기하고 있던 외인대에 소리쳤다.

"오늘 정문 담당자들은 당장 나와 사죄하라!"

외인대의 잘못은 그저 정시에 나와 문을 연 죄밖에 없다.

그들이 어째서 먼저 습격을 감행한 정체 모를 괴한들에게 사죄해야 한단 말인가.

외인대 대원들은 명호의 말에 우물쭈물하면서 아무도 나오지 않았다.

그러자 명호는 지체없이 천마대를 쳐다보며 무릎을 꿇고 사죄를 청했다.

털썩!

"죄송하오! 수하의 잘못은 곧 상관의 잘못! 부디 저의 진심 어린 사과를 받아주시오!"

무언가 굉장히 감동적인 장면이 연출되었지만, 천마대의 본래 목적은 이런 사과를 받는 것이 아니었다.

천마대의 일원은 그런 명호의 모습을 보고 비웃으며 말했다.

"푸훗. 그런 사과를 받고자 우리가 여기 서 있었다고 보면 오산이오."

"…그럼 어찌하면 용서하고 물러갈 것이오?"

"뭐, 자결이라도 한다면 한번 생각은 해보겠소."

애초부터 물러갈 생각도 사과를 받을 생각도 없던 천마대다.

그러나 이런 와중에 외인대에서 천마대의 생각과 일맥상통한 한 사람이 있었으니.

"그럼 명호 조장을 죽입시다."

쉬익!

"음? 뭐? 으악!"

데구루루!

명호는 자신의 뒤에서 검을 휘둘러오자 급하게 몸을 숙여 그 자리를 빠져나왔다.

정말 아슬아슬하게 명호의 머리를 지나간 검은 허공을 갈랐다.

명호는 자신에게 검을 휘두른 사람이 누군지 정확히 알았다.

"일규 이 자식이!"

외인대에서 유일하게 명호의 목숨을 위협하는 일규였다.

일규는 비열하고 쓰게 웃으면서 명호를 베지 못한 것을 아쉬워하며 명호에게 말했다.

"조장만 죽으면 해결될 문제 아닙니까. 그러니 제 손에 죽으십시오."

"이 미친놈이! 그게 지금 할 말이냐!"

"여기 있는 모든 사람이 조장이 죽기만을 바라는데 왜 그러십니까. 모든 사람의 바람을 무시할 겁니까?"

"너의 바람을 다른 사람들에게 전가시키지 마!"

"칫."

일규는 내심 아쉬워하며 검을 떨어뜨렸다.

그 순간 천마대원 중 한 명이 명호의 뒤를 노리면서 외쳤다.

"그 바람, 내가 들어주마! 마혈검!"

잠시간 명호와 일규의 소요가 멈추자 즉시 반응하며 달려 나오는 천마대원이다.

명호는 꼼짝없이 뒤를 점유한 통에 반응하지 못했지만 뜻밖에도 천마대의 검을 막아선 자가 있었다.

챙!

"음, 무슨 짓이더냐? 네 바람을 들어준다니까."

바로 일규였다.

그는 방금 전까지 자기 손으로 명호를 죽이려고 했던 것을 까먹었는지 지체없이 명호의 뒤를 방어하고 나선 것이다.

일규는 그의 말에 표정 하나 변하지 않고 말했다.

"멍청하고 사타구니 불결한 명호 조장은 내 손으로 죽일 것이오. 그러니 당신들은 안심하고. 죽엇!"

파챙!

명호의 뒤를 노리던 그는 일규와 검을 마주한 상태에서 일규가 검을 튕기자 뒷걸음치며 말했다.

"큭, 제법 검이 무겁구나."

"내 아랫도리에 달린 건 더 무겁지. 명호 조장은 말할 것도 없고."

"야! 아랫도리 이야기는 그만해!"

"하하하! 일규야, 대주인 나의 아랫도리를 빼놓으면 섭섭하지! 하하하!"

"그게 자랑이오, 바보 대주!"

남궁철과 배명호, 주일규가 검을 뽑아 들고 아랫도리 타령을 하며 천마대를 마주하였다.

남궁세가의 실질적인 정예라고 자부하는 외인대, 그리고 명교에서 사력을 다해 키운 천마대의 첫 번째 격돌이 시작되었다.

구명우는 속으로 웃음을 지으며 천마대에 명을 내림과 동시에 생각했다.

"적당히 놀아주거라. 끌끌."

'끌끌끌. 말년에 재미있는 놈들이 나타나는군. 끌끌끌. 인생살이가 심심하지는 않겠어. 끌끌.'

구명우의 명을 받자마자 천마대는 각자 병장기를 손에 쥐고 망설임없이 외인대에게 쏟아져 들어갔다.

그 모습을 보고 남궁철은 대주다운 기개를 내세우며 외인 대에게 외쳤다.

"열심히 싸워라! 그리고 열심히 살아남아라!"

"와아아아! 알겠습니다, 대주!"

남궁철의 말이 떨어짐과 동시에 외인대도 천마대를 향해 쏟아져 나갔다.

그리고 명호는 그런 외인대에게 말했다.

"상대방보다 숫자는 우세하지만 실력은 저쪽이 위다! 되도 록 합공을 펼쳐야 한다!"

외인대의 숫자는 스물다섯 명.

그에 반해 천마대의 숫자는 열두 명으로 줄어 있다.

처음 서른 명으로 시작한 천마대는 이원생 단 한 사람의 노 력으로 열두 명으로 줄어버린 것이다.

그런 열두 명을 상대하기 위해 수적으로 우세한 외인대가 합공을 펼칠 정도라면 천마대의 실력도 이 중원 천지 어디에 내어놓아도 뒤처지지 않을 것이다.

물론 이원생을 중간에 만나지 않아야 하겠지만.

천마대는 인원이 줄어들고 나서 재편하여 다시 일호부터 십이호로 나뉘었다.

굳이 예전에 쓰던 명칭을 쓸 필요도 없었고, 새로 시작하는 분위기로 반전을 꾀한 것이다.

초반 천마대와 외인대의 전투는 외인대의 분위기로 흘러
가는 듯하였다.

무공은 떨어지는 반면에 그들에게는 무시 못할 경험이라
는 것이 있었다.

어디를 공격해야 힐 것인지, 어디가 약점인지 그들은 정확
하게 알고 있었던 것이다.

챙!

촤앙!

투왁!

"흐아아압!"

"받아라!"

"어딜!"

여러 가지 병장기 부딪치는 소리와 함께 사람들이 질러대
는 기합과 외침이 해가 밝아오는 무림맹을 울릴 때 즈음,

천마대와 외인대의 전투는 그야말로 팽팽하였다.

잠시 간의 우위였지만, 외인대의 경우는 부족한 무공을 합
공으로 채우는 것뿐이지만 천마대의 경우는 달랐다.

이미 출중한 실력을 갖춘 상태에서 그들은 서서히 자신의
무공을 응용하는 법을 외인대와 싸우면서 발전시켰기 때문이
다.

구명우는 천마대가 발전하는 과정이 눈앞에서 느껴지자

절로 흐뭇한 미소가 지어졌다.

자신이 의도한 바가 바로 이것이 아닌가.

실전에 준하는 경험.

서로 목숨이 왔다 갔다 하는 치열한 혈전 속에서 무림인은 더더욱 성숙해 가는 법이다.

'끌끌끌. 무림맹도 대단하군. 저런 인원을 고작 정문에 비치시켜 놓았다니. 무림맹의 저력도 다시 고려해 봐야 하는 것은 아닌지 모르겠군. 끌끌끌.'

무림맹의 속사정을 모르는 구명우는 외인대가 천마대와 호각을 다투는 모습을 보자 무림맹을 다르게 평가하기 시작했다.

정문의 문지기들이 저런 실력을 갖추었다면 필히 무림맹의 정예라고 하는 창룡대의 실력은 전보다 더 강력해졌을 것이라고 말이다.

이미 창룡대와 한번 격돌해 본 구명우는 그 형편없는 창룡대의 실력에 별로 흥미를 느끼지 못했다.

그날 만약 이원생이 없었으면 이 세상에서 창룡대라는 집단은 사라졌을 것이다.

'끌끌끌, 나중에 창룡대와 천마대의 전투도 볼 만하겠군. 끌끌끌.'

구명우는 바위에 턱하니 앉아서 계속되는 천마대와 외인

대의 전투를 구경하고 있었다.

천마대의 일호는 실력으로 차지한 서열답게 남궁철을 매섭게 몰아치고 있었다.

일호의 도는 폭풍도라 불리는, 백여 년 전 중원을 뜨겁게 달궜던 도법이었다.

폭풍도는 중원에서 둘째가라면 서러울 검수들을 쓰러뜨리면서 이름을 알리던 도중, 돌연 사라져 버린 도법이지 않던가.

그 폭풍도가 지금 일호의 손에서 펼쳐지고 있었던 것이었다.

일호는 자신의 도를 자신 있게 휘어잡고 남궁철의 몸을 가를 듯이 위에서 아래로 그어 보이며 외쳤다.

쑤컹!

"아까의 패기는 어디로 가고 겁쟁이만 남았는가!"

남궁세가의 검은 중검이다.

결코 일호의 폭풍도에 질 만한 검이 아니다.

남궁철은 일호의 도를 피할 생각이 없는 듯이 아래서 위로 치켜 막으면서 호탕하게 웃으며 말했다.

"하하하! 아까 그것이 패기로 보였소이까! 홋차!"

아래서 밑으로 내려친 도와 그것을 올려 막은 검의 만남.

힘과 힘의 대결!

텅!

째앵!

무겁게 울리는 쇠의 울음소리가 울려 퍼지고, 남궁철은 일호의 내려친 도를 막아내었다.

우락부락한 근육이 그저 살은 아니었다는 것을 증명이라도 하듯이 말이다.

일호도 자신의 도가 막히자 감탄성을 내지르고 도를 거둬들이며 말했다.

"가히 놀랄 만한 힘이구나!"

"하하하! 고맙소이다!"

"패기를 부릴 만하구나! 좋다! 어디 한번 진심으로 상대해 주마!"

"그것도 참 고맙소이다! 하하하!"

"언제까지 웃을 수 있는지 보자꾸나! 츠앗!"

위잉!

웅!

일호의 도는 커다란 도명(刀鳴)을 내지르면서 남궁철을 압박하였다.

"폭풍도! 일식! 폭풍일도!"

거칠게 휘몰아치는 일호의 도에 남궁철은 검을 고쳐 잡으며 대응하였다.

"제왕검법! 제왕군림!"

황궁에서 고무만이 쓰던 제왕검과 질적으로 다른 기운이 남궁철의 몸에서 검으로 전달되었다.

남궁철의 검은 일호의 도보다 더하면 더하지 결코 뒤처지지 않은 검명(劍鳴)을 울부짖으며 일호의 도와 마주쳐 갔다.

"남궁세가의 검인가?"

"하하하! 보고도 그러시오!"

제왕검과 폭풍도의 정면 승부!

쾅!

쿠르르릉!

"크읏!"

"허업!"

대기를 울리는 남궁철과 일호의 충돌은 서로를 인정하며 둘의 몸을 뒷걸음질 치게 만들었다.

남궁철은 자신의 입에 한줄기 혈선을 흘리며 그 특유의 호탕한 웃음소리로 말했다.

"하하하! 이거 제법 도가 무섭소이다!"

그러자 일호도 자신의 손에 떨어지는 피를 감춘 채 지지 않고 대꾸하였다.

"여러 검 중에 남궁세가의 검이 무겁기는 제일이라는 소리가 맞긴 맞구나! 크크크!"

"하하하! 아랫도리 무게도 제일이라는 말은 못 들어보셨소이까! 하하하!"

이쯤 되면 남궁철의 말이 허세인지 진짜인지 궁금하기는 하였다.

정말로 아랫도리가 묵직한지 말이다.

일호는 일순간 남궁철의 말에 휘둘려 버린 자신을 자책하며 다시 도를 고쳐 잡으며 말했다.

"우리가 실없는 농담이나 나눌 사이는 아닌 것 같소만?"

철컥!

"하하하! 무림 동도가 다 똑같은 법 아니겠소. 그저 마음이 맞으면 농담도 할 수 있는 것이지! 하하하!"

찰칵!

남궁철과 일호가 서로의 검과 도를 고쳐 잡고 날카롭게 응시하고 있을 무렵,

명호는 사호의 암기를 힘겹게 걷어내면서 입술을 질끈 깨물고 있었다.

"이놈! 끈질기게 막아내는구나! 받거라! 천기수!"

촤자자작!

사호의 암기더미가 명호의 온몸을 노리고 달려들었다.

명호는 검을 사방팔방으로 돌려대면서 공격할 틈도 없이 방어에만 급급하고 있었다.

'도대체 저놈은 암기를 몸에 심어두고 다니나?'

막아도 막아도 끝이 없는 사호의 암기세례에 이제 의문이 든 명호였다.

암기가 한두 개씩 날아오면 말도 하지 않겠지만, 못해도 얼추 오십여 개 정도 되어 보이는 암기가 언거푸 날아들어 오니 드는 생각이다.

팅팅!

철그럭!

"네놈이 어디까지 막아내는지 한번 보겠다! 천기탄! 일수장!"

"윽! 빌어먹을!"

타타탁!

명호는 사호의 말을 듣자마자 몸을 뒤쪽으로 움직여 일부러 천마대와 외인대가 뭉쳐서 싸우는 곳으로 들어가 버렸다.

천기탄이 무엇인지 옆에서 한번 터져봐서 뼈저리게 알고 있는 명호였기에 가능한 일이다.

"이, 이놈! 부하들을 방패 삼는 것이냐!"

사호가 급하게 천기탄을 회수하면서 말하자 명호는 악랄하게 웃음 지으면서 대답했다.

"네놈은 내 부하들이 걱정되어서 그 암기 폭약을 쏘지 못했냐? 웃기는 소리 하지 마라! 흐흣!"

"놈!"

명호는 사호가 소매에서 무엇인가 꺼내는 것을 보고는 재빠르게 검을 치켜세우고 달려들었다.

암기를 꺼내기 전에 몰아붙이겠다는 각오다.

사호는 목숨을 등한시한 명호의 공격에 잠시 당황해 뒷걸음질 쳤고, 그 틈을 놓칠 명호가 아니었다.

"이제 내 차례구나!"

쑥!

서걱!

"큭!"

달려드는 그대로 사호에게 검을 찔렀다.

그 검은 급하게 명호의 검을 피하려고 한 사호의 팔을 깊숙이 스쳐 지나갔다.

경험의 한 수!

명호는 의기양양하게 검을 들어 더욱더 몰아칠 각오로 사호를 밀어붙이려고 하였다.

"이 자식, 도대체 어디다가 암기를 숨겨놨는지 철저하게 파헤쳐 주마!"

"어림없는 소리!"

사호는 피가 흘러넘치는 왼팔을 잡아두고 계속해서 공격 일변도로 바뀐 명호의 검을 피해내기에 급급하였다.

일순간에 전세가 역전되는 순간,

슉! 쑤욱!

사각!

슥!

명호의 검이 사호의 몸에 점점 많은 생채기를 만들어내었다.

사호는 이를 악물며 명호에게 외쳤다.

"크윽! 비겁한 놈! 당당하게 겨룰 수는 없는 것이냐!"

"네놈이 한 짓을 생각해 봐라! 암기만 던져대면서 싸운 네놈을 말이다! 차앗!"

"흐흡!"

명호가 사호에게서 승기를 잡아갈 때쯤,

외인대와 천마대의 싸움은 서서히 외인대 쪽으로 승기가 기울고 있었다.

천마대가 무공이 더 고강할지 몰라도, 또한 이번 전투로 인해 발전해 가고 있었을지언정 그들이 간과한 사실이 있었다.

이원생이 무림인에게 그렇게 강조했던 체력이다.

결국 내공은 싸우면서 전부 소진되게 마련인데, 나중엔 무엇으로 싸울 것인가?

일대일이라고 하면 문제 될 것이 없다.

한 번에 쏟아붓고 죽든지 살든지 치고받으면 되니까.

그러나 다수의 전투에서는 단 한 명의 손실이 어마어마한 결과를 가져오게 된다.

지금의 상황처럼 말이다.

만약 명호가 사호를 제압하고 다른 인원을 도와서 천마대를 정리해 나간다면 천마대의 패색은 걷잡을 수 없을 것이다.

'이만하면 되었군. 끌끌. 천마대 녀석들도 자신의 실력에 대한 평가가 대충 되었겠어. 끌끌끌. 그나저나 저놈들의 실력이 생각했던 것보다 더욱 출중해 보여. 끌끌끌. 필히 나중에 후환이 될 놈들이니 이번 기회에서 싹을 밟아버려야겠군. 끌끌끌.'

구명우는 자신의 눈에도 서서히 천마대가 밀리는 것을 보고는 이만 정리해야 할 듯싶었다.

또한 외인대의 위세가 무림맹에서 더욱 커지기 전에 명교를 위해 싹을 잘라 버릴 생각까지 하지 않았던가.

뚜두둑!

드득!

자리에서 천천히 몸을 일으켜 몸을 푸는 구명우였다.

"끌끌끌. 미안하지만 여기서 마무리를 지어야겠구나. 끌끌끌."

특유의 웃음소리와 함께 구명우는 천천히 외인대를 향해 몸을 움직였고, 얼마 떨어져 있지 않은 그들의 거리는 일순간에 좁혀졌다.

그리고 곧바로 사호를 압박하던 명호의 앞에 불쑥 나타나더니 그저 명호에게 단순한 일장을 질렀다.

"넌 누구……?"

"말버릇이 고약하구나. 끌끌."

파악!

터엉!

명호는 제대로 된 방어도 하지 못하고 구명우의 일장을 가슴팍에 맞고 뒤로 떨어져 나가 버렸다.

"……."

"조, 조장님!"

일순간의 정적.

승기를 잡아가고 있는 외인대에게 구명우의 등장은 활활 타오르던 불길에 찬물을 끼얹는 결과를 가져왔다.

단순한 일장에 불과한 구명우의 손짓에 외인대에서 남궁철 다음으로 강한 배명호가 속절없이 나가떨어지다니…….

절정의 고수 출현.

과연 외인대의 운명은 구명우의 손에서 어떻게 될 것인지 그 앞길은 오로지 구명우만이 알 일이었다.

第八章

—이원생

 음, 으음.

 이러니 내 이마에서 주름이 없어질 날이 없다는 것이다.

 개 주인, 아니, 마한지의 말에 따르면 내가 말한 대로 상철지를 죽이기 위해서 황충모가 마한지를 위탁해 중원상단을 습격한 꼴이 된다.

 그렇게 된다면 황충모 입장에서는 이번에도 실패를 하였으니 무슨 대책을 세울 것이 아닌가.

이렇게 되면 황충모를 잡아 죽이기 전에는 끝날 싸움이 아니라는 것이다.

하나, 그럴 수는 없는 일.

뭔가 특단의 조치를 취해야 한다는 소리인데.

으으음, 도대체 뭐가 좋지?

이렇게 되면 어차피 상철지를 잡고 있어도 필요가 없는데 말이야.

나는 공손하게 무릎 꿇고 앉아 있는 마한지를 쳐다보며 말했다.

"그럼 너의 목적은 오로지 상철지의 목만 들고 가면 된다는 거야?"

"예, 그렇습니다. 그렇고말고요."

아까의 모습과는 다르게 굽실굽실하는 것이 제법 마음에 든다.

난 녀석의 머리를 천천히 쓰다듬으면서 생각을 쥐어 짜내었다.

어떻게 해야지 이번 일이 모두 다 좋게 끝날 수 있을까 하고 말이다.

흠. 좀 위험한 방법이긴 하지만 마한지를 이용할까?

일단 마한지에게 상철지를 넘긴다면 임무를 완수한 마한지는 황충모의 총애를 받게 될 것이다.

그렇게 되면 운씨 자매에 대한 일이 제법 쉽게 풀릴 수도 있는 노릇.

마한지에게 따로 언질을 주어 운씨 자매에 대한 일에 대해서 황충모의 날인을 얻어낼 수도 있다.

어차피 황충모는 운씨세가에 대한 고변으로 얻을 것은 다 얻었으니 굳이 운씨 자매에 대해서 관기에서 노비로 풀린다 할지라도 관심을 갖지는 않을 것이다.

그러나 문제는 여기서 발생한다.

만약 내 예상이 틀린다면?

그렇게 되면 이번 일은 더욱더 꼬일 대로 꼬여서 차라리 내가 황궁에 들어가서 황제와 독대를 하고 운씨 자매를 내게 넘기라는 반 강제적 협박이라도 해야 될 것이다.

나는 계속해서 마한지의 머리를 쓰다듬으면서 생각에 생각을 거듭하였다.

그러자 녀석은 기특하게도 나의 이 고민을 걱정해 주는 것이 아닌가?

"저, 저기, 무슨 고민이 있으십니까?"

녀석, 처음부터 이렇게 고분고분했으면 굳이 내가 망신창이가 될 때까지 패지도 않았잖아.

"고민이야 많지. 네놈을 어떻게 할까도 고민이고, 상철지를 죽일지 살릴지도 고민이고."

부르르.

녀석은 내가 자기를 어떻게 할지 고민이라고 하자 몸을 떨었다.

"살려줄까?"

난 넌지시 녀석을 떠봤다.

"추, 충성을 다하겠습니다! 사, 살려만 주십시오!"

넙죽!

"정말 충성을 다할 거야?"

"그, 그렇습니다!"

"한데 너는 상철지를 배신했잖아. 원래 배신한 놈이 또 배신하게 되어 있는데."

"저, 절대 그런 일은 없습니다! 미, 믿어주십시오!"

와락!

마한지는 내 바짓가랑이를 붙들고는 퉁퉁 부어 좀체 눈동자를 알아볼 수 없는 눈으로 눈물을 흘리면서 통곡했다.

"제, 제발 살려만 주신다면 뭐든지 다하겠습니다! 엉엉!"

그러한 모습을 보자 왠지 짠한 마음은커녕 동정심조차 일지 않았다.

원래 이런 놈의 성격은 강한 놈에게 약하고 약한 놈에게 강한 놈이니 이것도 다 살아남기 위한 연기일 것이다.

난 녀석에게 짤막하게 말했다.

"놔라. 또 때리기 전에."

후다닥!

놈은 내 말에 맞기는 싫은지 서둘러 내 다리에서 손을 떼고 다시 공손하게 무릎을 꿇었다.

나는 마한지의 모습을 보면서 지금 할 수 있는 최선의 방법을 시행하기로 하였다.

도무지 이 방법밖에는 생각나는 것이 없었다.

"야."

"예, 예!"

"지금부터 내가 말하는 거 잘 들어라."

"아, 알겠습니다! 무슨 말이라도 하십시오!"

"네놈 목숨을 살려주지."

"가, 감사합니다! 고맙습니다! 저, 절대 후회하지 않으실 겁니다!"

"시끄러. 또한 상철지도 넘겨주고 말이야."

"……?"

상철지를 넘겨준다는 말에 녀석의 눈은 크게 흔들렸다.

물론 나에게 맞아서 보이지는 않았지만 느낌으로 알 수 있었다.

"그럼 너는 당연히 상철지를 죽이겠지?"

"그, 그것이……."

내 입장으로 봐도 상철지는 죽는 게 더 좋은 상황이다.

정욱에게도 좋고 운씨 자매에게도 좋고, 더 나아가서는 전 중원의 안위를 위해서도 좋고 말이다.

"일단 네놈에게 상철지를 넘기니 죽이든 실리든 마음대로 해라. 하지만 그놈 입에서 절대로 내 이야기가 튀어나오면 안 돼. 내 말 무슨 뜻인지 알겠지?"

"무, 물론입니다!"

"음, 잘 알아먹었으니 따로 내가 말할 필요는 없겠고, 그리고 내가 네놈에게 상철지를 넘겨주면 네놈은 부귀영화를 황충모에게 받게 되겠지?"

"그, 그렇습니다!"

"그럼 너만 좋은 거네?"

난 일부러 녀석을 당황하게 하려고 말투를 바꿨다.

녀석은 그 즉시 식은땀을 흘리면서 머리를 땅바닥에 조아리고 애원하다시피 말했다.

"아, 아닙니다! 다, 당신께서 받지 말라 하시면 거절하겠습니다!"

"뭐, 준다는 걸 왜 안 받아. 당연히 받아야지. 한데 말이야."

"예, 예!"

"내가 상철지도 넘겨주고 너도 살려주는데 나는 뭐 얻는 게 없잖아? 그러면 이 세상이 공평하지 않겠지?"

"지, 지당하신 말씀입니다!"

"그럼 내가 얻어가는 게 너의 충성심인데, 너의 충성심을 어떻게 믿어야 하지?"

"제, 제 이름을 걸고 절대로! 절대로 배신하지 않겠습니다!"

"그러니까 그걸 어떻게 믿느냐고."

"그, 그게……."

이렇게 사람을 극한까지 몰아넣고 믿음을 강요하는 것은 소용이 없다.

그저 극한까지 몰려 있는 사람은 이 상황에 대해서 벗어나고픈 욕망에 사로잡혀서 무엇이든지 맹세하고 충성을 다짐한다.

그러나 결국 그런 놈들은 배신을 하게 된다.

하지만 이런 걸 알고서도 그 사람을 써야 한다면 좋은 방법이 하나 있다.

물론 이것도 영구적인 방법은 아니지만.

나는 마한지에게 조용히 귓속에 대고 속삭였다.

"내가 황충모 곁다리에 몇 놈을 심어놓았지. 그런 생각 들지 않아? 네놈이 무슨 계획을 하던 내가 나타나서 방해한 게 우연이라고 생각해?"

우연이지. 우연일 수밖에 없다.

그러나 마한지가 그런 사실을 알 리가 있나?

그는 나의 말에 침을 꿀꺽 삼키며 나직하게 고개를 끄덕였다.

"저, 저도 그렇다고 생각했습니다."

난 녀석의 어깨를 살포시 토닥거려 주면서 말했다.

"그럼 말 길게 안 해도 되겠군. 장군까지 가서도 잘 부탁하네, 마한지 장군님."

"……."

녀석은 말없이 그저 몸을 떨고 있을 뿐이다.

이로써 황충모 일은 한시름 덜었군.

나는 마한지에게 이후에 일을 어떻게 처리해야 하는지 말해주고는 상철지를 넘겨주기 위해서 다시 마차로 돌아왔다.

"포, 포두님!"

역시 화정 소자가 나를 제일 반겨주는군.

나는 어색하게 웃으면서 화정 소저에게 말했다.

"하하, 아까는 죄송했습니다. 화살이 떨어져 내리고 있어서 피치 못하게……."

"그, 그게 아니라… 마차 안에……!"

"예?"

그리고 보니 화정 소저의 옷이 피로 붉게 물들어 있다.

나는 직감적으로 무언가 잘못되었다는 것을 알고 마차로 뛰어들어갔다.

덜컥!

문을 거칠게 열어젖히고 들어가니 거기에는 정육이 상철지를 보고 목 놓아 외치고 있었다.

"이럴 거였으면, 고작 이럴 거였으면 왜! 도대체 왜!"

다행히 정육의 상태는 안전해 보였고, 나는 마차로 들어가 무슨 일인지 파악하기 시작 하였다.

정육은 상철지의 머리를 손으로 받치고 피를 토하는 심정으로 울먹거리며 외치고 있었다.

"겨우 이런다고, 이런다고 달라지는 건 아무것도 없는데 왜!"

상철지는 그런 정육을 보고 입에 피를 머금으며 겨우겨우 말을 이어가고 있었다.

"크, 쿨럭! 크크, 내가 네놈 살리려고 막아선 줄 아느냐. 쿨럭! 크윽! 그냥 몸이 그쪽으로 갔을 뿐이다. 쿨럭쿨럭!"

"그러니 어째서? 왜… 왜?"

나는 정육의 어깨너머로 상철지의 상태를 보았다.

상철지의 몸에는 화살 수십 발이 박혀 있고, 그 상처에서는 이미 죽은피가 거뭇거뭇하게 올라오고 있었다.

내가 상철지라는 놈을 잘못 파악한 걸까, 아니면 자신의 마지막을 직감한 것일까?

"크으! 이제 네놈이 추성창법의 마지막 후계가 되는구나! 쿨럭쿨럭!"

"나는 당신을 버리면서 무공도 버렸다!"

"쿨럭쿨럭! 상관없다. 어차피 네놈의 창법은 추성창법이니. 크윽!"

상처를 보아하니 많아봐야 살 수 있는 시간은 일다경쯤.

마차의 지붕이 화살을 막아낼 줄 알았더니 내 예상이 틀렸나 보군.

화정 소저도 위험에 처할 뻔했어.

나는 정욱과 상철지의 모습을 보면서 스스로를 질책했다.

사부와 제자의 관계가 원한에 있다고는 하나 이렇게 끝나버리게 된다면 정욱의 입장에서는 더욱이 갈등이 심할 것이다.

"…고마워하지 않겠소."

"그따위를 바라고 한 게 아니다. 쿨럭쿨럭!"

"…난 평생 당신을 원망하며 살 것이오."

"크윽! 쿨럭쿨럭! 그래라! 그러면서 살거라!"

"……."

"그러니 그만 꺼져라! 쿨럭쿨럭! 지옥 길을 가는데 네놈의 배웅은 필요 없다!"

나는 정육의 어깨를 슬며시 잡으면서 말했다.

"내 긴히 할 이야기가 있으니 나가서 기다려라."

"……"

나직한 나의 말에 정육은 아무런 말도 하지 않고 상철지의 머리를 내려놓은 후 마차 밖으로 나가 버렸다.

나는 정육이 나가자마자 상철지의 머리맡에 걸터앉으면서 말했다.

털썩.

"거참, 상황이 묘하게 되었소이다."

"쿨럭쿨럭! 이제 어찌할 셈인가?"

"이제 곧 있으면 가실 분이 이 세상 걱정은 왜 하시오. 가시기 전에 남길 말 있으면 말하시오. 이왕 이렇게 된 거, 들어줄 수 있는 부탁이라면 들어주겠소."

"쿨럭! 그, 그런가? 크으! 내 몸이 이 지경이 되었어도 아직도 세상에 미련이 남았다니. 크크! 쿨럭쿨럭!"

분뇨 구덩이에서 살아도 이승이 좋다더니 딱 그 꼴이군.

나는 상철지의 몇 개의 혈을 찍어주었다.

내가 아는 얼마 안 되는 점혈 방법 중 하나다.

투에서 고통스럽게 죽어가는 전우의 마지막 길을 편안하게 가게 해주는 법.

척, 척.

투툭.

"이, 이건……?"

"그저 고통이나 좀 덜어주는 것이오. 마지막 갈 때는 편안하게 가라고 말이오."

"크흐. 그런가? 흐흐흐."

"그나저나 마지막 말은 생각하셨소? 기왕이면 멋들어진 말 한마디 하고 가면 좋다고 생각되는데 말이오."

"크크크, 네놈도 생각해 보면 단단히 미쳤구나."

"이제 알았다니 감사하오. 한데 정말 얼마 시간이 남지 않았는데 말이오."

"다 부질없는 짓이지. 크크크. 지금 용서를 구하는 것도, 뭘 부탁하는 것도. 그저 정육 저놈을 단단하게 붙잡아주게."

"죽을 때까지 제자 생각이오?"

"크크크, 이왕 죽으니 생각나는 게 저놈뿐이군."

"……."

나는 아무 말도 하지 않았다.

점점 새하얗게 변해가는 상철지가 한마디라도 더 할 수 있게 말이다.

상철지는 가쁜 숨을 몰아쉬면서 힘겹게 말을 이어나갔다.

"후우, 후우. 독하게 살거라. 후우, 후우."

"……."

"······."

숨소리가 줄어들고, 마차 안은 조용함으로 가득 찼다.

상철지의 눈은 뭐가 그리 세상에 대한 아쉬움이 남았는지 감지 못하고 덩그러니 뜬 채 멍하니 화살에 뚫린 천장을 바라보고 있다.

"들어와라."

나는 마차 밖에서 듣고 있는 정육을 불러들였다.

끼이익!

덜컹!

정육은 내 말에 조용히 문을 열고 들어와 상철지의 곁으로 다가갔다.

이윽고 정육은 나를 쳐다보며 말했다.

"무슨 일이오?"

"눈은 네가 감겨줘라."

"···왜 그래야 하오?"

"별다른 이유는 없지. 그냥 너를 위해서 감겨주라는 거지."

자신의 인생을 바꿔놓은, 그리고 자신이 지키고 싶은 모든 것을 파괴한 사부이자 철천지원수인 상철지의 마지막이다.

정육은 내 말이 일리가 있다고 여기는지 한쪽 무릎을 꿇으며 상철지의 눈에 손을 가져다 대고 쓸어내리며 조용히 속삭였다.

스륵.

"잘 가시오… 사부……."

"……."

"이제 되었소?"

"왜 나에게 물어봐. 네 자신에게 물어야지."

그런 물음은 자신 스스로 묻고 답해야 한다.

그래야지 마음속에 응어리진 것이 없을 것이다.

나는 자리를 털고 일어나 상철지의 시신을 수습하였다.

정육이 나의 이런 모습을 보고 물었다.

"어디에 묻을 거오?"

"지금은 묻지 않지."

"그럼?"

"이용해야지. 마지막 가는 길, 운씨 자매를 위해 시신까지 이용하는 거지."

"…그럴 수 있소이까?"

"한두 번 믿었냐? 이번에도 그냥 믿어라."

정육에게 퉁명스럽게 대꾸해 준 후 나는 상철지의 시신을 들쳐 메고 마한지가 있는 곳으로 향했다.

이렇게 되니 차라리 마음이 편했다. 상철지도 끝마무리가 좋지 않은가.

비록 죽어서이지만 어느 정도 정육과 화해하는 모습이 보였고,

다소 의외이긴 하지만 자신을 희생하는 모습을 보여서 조금이나마 정육에게 그동안의 시간을 보상하였고 말이다.

또한 이렇게 죽어서는 마한지의 훌륭한 전리품으로 등극했고.

나도 솔직히 약속을 해놓고 죽인다는 것이 못내 꺼림칙하였기는 하다.

다행히 중원상단도 화살에 대한 피해는 상철지를 제외하고 전무해서 화살이 박힌 마차만 정비하면 바로 출발할 예정이다.

나는 서둘러 마한지에게 상철지의 시신을 넘기러 달음질을 쳤다.

곧이어 마한지가 있는 곳에 도착하였고, 마한지는 나를 보고 공손하게 인사하며 반겼다.

"이제 오십니까."

마한지의 말에 왠지 얼굴이 가렵다.

그렇지만 나중에 써먹으려고 한다면 이러한 대우가 나쁘지 않은 선택이니 밀고 나가도록 하였다.

"왜? 너무 빨리 왔어?"

"아, 아닙니다. 그저 오시는 데 불편함 점이 없었는지 물어

보려고 한 겁니다."

나와 대화를 하면 긴장의 연속일 것이다. 그래도 아까보다
는 조금 풀린 것이 한결 대화하기는 편해지기는 하다.

"그래? 난 또 널 기다리게 해서 화났나 싶었지."

"무, 무슨 말씀을요."

"아무튼, 자, 상철지는 여기 있다."

들쳐 멘 상철지를 바닥에 내려놓자 마한지는 즉시 상철지
의 상태를 확인하였고, 나를 쳐다보며 말했다.

"이거 수고스럽게 처리를 하셨군요. 제가 해도 되는 것
을."

사실은 네놈 화살에 맞아서 죽은 것이니 네가 처리했다고
봐도 무방하지.

나는 녀석의 말에 아무런 말도 하지 않고 아까의 일을 다시
상기시켜 주며 상단으로 돌아갔다.

"너, 일 잘해. 내가 괜히 나서게 하지 말고. 알았지?"

당연히 마한지는 몸을 숙이면서 연신 굽실거리며 나에게
친절하게 대답해 주었다.

"물론입니다. 제가 어느 안전이라고. 염려 붙들어 매십시
오."

"그럼 간다. 수고해라."

"살펴 가십시오!"

마한지의 말을 듣기도 전에 나는 몸을 돌려 상단으로 부리나케 달려갔다.

다행히 출발하기 전에 마부석에 자리를 잡고 앉았다.

화정 소저는 갑자기 나타난 나의 모습에 뭔가 의문을 느끼며 물었다.

"어머, 포두님? 도대체 어디를 다녀오시기에?"

음, 뭐라고 해야 하지?

뭐라고 둘러대야 의심을 피할 수가 있을까?

하긴, 둘러대는 건 깊이 생각하면 안 된다. 생각나는 대로 말해야 조금이라도 의심을 덜 사지.

"아, 그저 부상자가 있는지 다른 곳을 살펴보고 있었습니다."

후후, 정말 내 변명은 천하제일이군. 후후후.

나의 이런 자신감 넘치는 변명에 화정 소저는 고개를 끄덕거리면서 다시 질문을 계속 하였다.

"아, 그러시군요. 포두님의 배려에 감사드립니다. 한데 포두님은 화살이 날아올 때 어디에 계셨나요? 아무리 찾아도 보이지를……."

나는 뒷말이 나오지 않게 얼른 미리 선수를 치며 화정 소저에게 말했다.

"아, 저는 마차에서 나와 잠시 근처 풀숲으로 몸을 피했습니다. 그리고 보니 소저 몸은 괜찮으십니까? 죄송합니다. 마차가 화살에 뚫릴 줄 알았다면 소저와 같이 마차 밑으로 내려 갔을 텐데 말입니다."

화정 소저는 나의 말에 고개를 끄덕이면서 안심한 듯한 모습으로 말했다.

"저는 괜찮아요. 후우. 저는 혹시나 포두님이 화살을 쏜 누 군가를 쫓아갔을까 봐 걱정돼서……."

뜨끔.

가끔씩 화정 소저의 예측이 너무 정확한 나머지 식은땀이 절로 나기도 한다.

"하하, 제가 무공도 없는데 어찌 그런 짓을 합니까. 쓸데없 는 걱정입니다. 하하하!"

어색하게 웃으면서 말을 하긴 했지만, 이렇게 거짓말을 해 대다가 왠지 제 팔자에 편하게 죽기는 그른 것 같은 기분이 드는 것은 왜일까?

화정 소저는 내 웃음에 잔잔하게 따라 웃어 보일 뿐 다른 말을 하지는 않았다.

그저 내 안위가 괜찮은 것만을 확인하려는 듯한 느낌으로 말이다.

덜커덩덜커덩!

후욱! 후욱!

늑대의 거친 숨소리와 발걸음 소리에 점점 목적지에 다가
선다는 것을 알 수 있었다.

무림맹의 정문을 알리는 푯말이 나와 화정 소저의 옆을 스
쳐 지나갔고, 화정 소저는 그 푯말을 보며 나에게 말했다.

"이제 정말 마지막이네요, 포두님."

아쉬움이 묻어져 나오는 화정 소저의 말에 나는 별것 아니
라는 듯한 말투로 대꾸해 주었다.

"왜요? 여기서 저와의 연을 끊으시게요?"

장난스러운 나의 말에 화정 소저는 당황해 고개를 세차게
저으면서 말했다.

"아, 그런 마지막이 아니라… 저기… 그……."

"압니다, 알아요. 그저 잠시 농을 하고 싶었던 것뿐입니
다."

"…포두님!"

"하하, 죄송합니다. 그저 화정 소저가 마지막이라고 해서
저도 아쉬운 마음에 해본 소리입니다."

"아니, 그게 아니라… 저 앞에……."

화정 소저는 손가락으로 앞을 가리켰고, 나는 당연히 그곳
으로 시선을 돌렸다.

그리고 거기에는 어디서 많이 본 사람들이 검을 들고 한 무
리의 복면인과 검을 마주 한 채로 서 있는 것이 아닌가.

뭐냐? 뭐지?

한고비를 넘겼다고 생각하면 다시 원점이고, 그 고비를 또 다시 넘었다고 생각되면 다시 원점으로 되돌아오는 이 뭣 같은 상황은 도대체 뭐지?

"너, 너는 그때 그 포두?"

날 아는 체하는 녀석의 시선을 애써 무시하며 난 하늘을 쳐 다보며 속으로 외쳤다.

하늘이시여!

엿이나 드세요.

第九章

—천마대. 외인대. 이원생

　천마대의 입장에서는, 아니, 구명우의 입장에서는 도대체 이 상황이 이해가 되지 않을 것이다.

　도대체 왜 이원생이 저렇게 척하고 마차를 이끌고 나타났는지 말이다.

　더군다나 마차를 끌고 있는 생물조차 집채만 한 늑대가 아닌가.

　구명우는 남궁철과 외인대 몇 명을 공격하다 말고 그저 멍하니 이원생이 있는 마차를 보고 있었다.

원생의 입장에서는 기가 막혔다.

기껏 무림맹까지 잘 올라와서는 이게 또 무슨 일인가.

더욱이 복면인들과 외인대의 시선이 모두 원생의 모습만 쳐다보고 있는 상황이다.

갑자기 머리가 깨질 듯한 두통이 말려오는 것을 느끼는 이원생이다.

천마대는 즉시 이원생의 얼굴을 알아보고는 외인대와의 혈전을 뒤로하고 모두 다 그 자리에 얼어붙었다.

그들의 입장에서는 그 방법밖에 생각나지 않았을 것이다.

단지 혼자서 명교의 마지막 보루라고 할 수 있는 천마대를 부숴 버린 사내!

그 사내가 떡하니 자신들 앞에 나타나 있는데 달리 무슨 생각을 한다는 말인가.

구명우는 주변에 있는 천마대의 심기 변화를 눈치채고 생각하였다.

'도망가야 할 것인가? 그러자니 뒤에 있는 이놈들이 당연히 발목을 잡을 것이고, 정체를 밝히고 이원생 장군과 협상을 하면 살아 돌아갈 수는 있지만 명교라는 사실이 들통 나버릴 것은 뻔한 사실. 끌끌끌. 하늘도 무심하시지. 하필이면 이런 때 이원생이라니……'

하늘에 대한 원망은 원생이 더 많이 한다는 사실을 구명우는 모를 것이다.

상황이 여의치 않다는 것을 느낀 구명우였지만 달리 뭔가 좋은 방법이 생각나질 않았다.

그 순간 원생의 입이 열리며 뜻밖의 말이 나왔다.

"이거 수고들 하십니다. 거참, 초면에 죄송한데 무림맹에 올라가도 괜찮겠습니까?"

원생의 선택은 간단하였다.

모든 상황을 무시하고 그냥 지나간다.

너희는 너네끼리 문제 해결을 하고 나는 나대로 길을 간다는 전법을 사용한 원생이다.

그러나 그냥 보내줄 외인대가 아니었다.

갑작스러운 고수의 출현으로 수세에 몰린 그들이 원생을 곱게 보내줄 이유가 없었다.

남궁철은 호탕하게 웃으면서 원생의 말에 대답하였다.

"하하하! 사해 동도는 같은 친우라고 했으니 설마하니 그냥 올라갈 것은 아니겠지?"

당연히 남궁철은 원생이 누구인지, 실력이 어떠한지 몰랐다.

그저 저번에 겪은 바로 어느 정도의 무공은 있어 보였기 때문에 이렇게 도움을 청한 것이다.

지금은 아이 손 하나라도 고마운 상황.

원생은 그러한 남궁철의 살가운 말에 조용히 미소 지으며 답했다.

"전 당신 같은 친우 없는데요. 그리고 초면에 이런 상황에 끌어들이면 좀 미안하지 않겠소이까? 그러니 알아서들 해결 하시고, 저희는 이만 무림맹으로 들어가 보겠소. 자, 가자!"

참으로 냉정한 거절이다.

그러나 이렇게 쉽게 원생이 가고 싶다고 해서 갈 문제가 아 니었다.

외인대의 일규는 마차를 끌고 가는 늑대의 앞을 가로막으 면서 말했다.

척!

"그러지 말고 형씨, 여기 와서 몸으로 검 좀 막아주시오. 내 필히 복수는 해드리겠소."

일규는 원생을 고기 방패 정도로 생각하여서 말한 것이다.

지나치게 솔직한 일규의 말에 원생은 일규를 늑대들의 밥 으로 던져 줘버렸다.

원생은 늑대를 묶고 있던 줄을 튕기면서 말했다.

찰싹!

"먹어라. 뇌도 썩고 정신도 썩은 인간이다."

크르릉!

덥석!

늑대는 원생의 말에 충실하게도 일체에 망설임도 없이 자신을 가로막은 일규를 한입에 삼켜 버렸다.

"컥!"

일규의 신음 소리가 튀어나옴과 동시에 외인대 일조장 명호가 원생에게 외쳤다.

"당장 늑대를 멈추고 일규를 놓아주어라!"

명호는 틈만 나면 자신을 죽이려고 한 일규를 구하려고 하였다.

그래도 일규는 자랑스러운 외인대의 일원이 아닌가.

절대로 전투 이외의 다른 누구의 손에도 죽으면 안 되었다.

명호의 외침에 일규는 크게 감명 받은 듯한 목소리로 늑대에게 물린 채 말했다.

"저는 별로 맛이 없습니다. 외인대에서 제일 맛있는 사람은 명호 조장입니다. 그러니 늑대님들은 어서 명호 조장을 드십시오."

일규는 특유의 감정 기복이 없는 목소리로 늑대에게 물린 상황에서도 말하였다.

당연히 그 목소리는 원생의 귀에도, 명호의 귀에도 들어갔다.

그 말을 듣고도 명호가 가만히 있었다면 해가 서쪽에서 뜰

일이다.

명호는 검을 원생에게 겨누며 당찬 목소리로 외쳤다.

스릉!

"꼭 저놈의 입부터 먼저 먹기 바란다!"

그런 명호를 쳐다보며 원생이 다른 늑대에게 말했다.

"야, 저놈도 먹어."

크르릉!

덥석!

늑대 두 마리가 사이좋게 명호와 일규를 물고 있는 상황.

천마대와 구명우는 이 상황을 보고 속으로는 굳이 자신들이 죽이지 않아도 원생이 다 죽일 것만 같은 생각이 잠시 들었다.

하지만 이내 그 생각을 지우고 그들은 어떻게 이 상황에서 빠져나갈지 전음으로 논의하기 시작하였다.

[…어떻게 하는 것이, 후우, 좋겠습니까?]

일호의 떨리는 전음에 구명우는 고개를 저어 보이며 일호에게 대답했다.

[긴장하지 마라. 괜히 긴장한 척했다가는 이원생 장군이 낌새를 알아챌 수 있다. 끌끌.]

구명우의 말을 들은 일호는 침을 꿀꺽 삼키면서 다시 물었다.

[저, 저희가 합공한다면 승산이 있지 않겠습니까?]

자신의 무공에 어느 정도 자신감이 붙은 일호이다. 그러나 구명우의 눈에는 훤히 보였다.

일호가 이원생에게 한 대 맞고 객사할 모습이 말이다.

구명우는 일호에게 일침을 가하며 꾸짖었다.

[어줍지 않은 실력으로 합공에 대한 준비도 되어 있지 않은 네놈들이 이원생을 상대할 수 있으리라 보느냐! 너희는 아직 모른다. 저놈은 일단 전투에 들어가면 이기기 위해 무슨 짓이라도 할 놈이다. 끌끌끌.]

말을 마치며 쓰게 웃음 짓는 구명우였다.

원생의 무공은 중원에서 대적할 자가 없을 정도로 독보적인 위치를 차지하고 있다.

그러나 원생을 아는 사람들이 그를 무서워하는 것은 무공 때문만이 아니었다.

원생은 싸움의 흐름을 알았다.

일대일이든 다수를 상대할 때든.

원생은 그 흐름을 자신의 것으로 가져오는 법을 머리와 몸으로 알고 있는 것이다.

구명우는 수많은 전투를 헤쳐 나가면서 원생의 그런 면모를 가감 없이 느낀 사람이 아닌가.

섣불리 선공을 취할 수는 없었다.

그런 구명우와 천마대를 쳐다보는 원생의 심정은 매우 차분하고 이성적이었다.

무턱대고 자신을 공격하지도 않을뿐더러 원생이 도착하자마자 마치 석상이라도 된 듯이 아무런 움직임을 보이지 않았기 때문이다.

툭, 툭, 툭.

원생은 손가락으로 턱을 얌전히 튕기면서 생각에 빠져 있었다.

'필히 복면인들이 수상해 보이기는 하지만, 나를 보고 아무런 말도 하지 않고 제지하지 않아 보이는 것이 왠지 나를 아는 느낌이란 말이야. 흠, 그래도 확실한 것이 좋으니 시험해 보는 게 좋겠지.'

복면인들이 자신을 알고 있다는 추측 하에 원생은 마부석에서 뛰어내렸다.

훌쩍!

턱.

좀 과장된 몸동작을 포함시켜서 약간은 격렬하게 바닥에 착지한 원생은 내리자마자 복면인들을 매섭게 노려보았다.

찌릿!

흠칫!

천마대는 자신들도 모르는 사이에 몸이 움츠려들 수밖에

없었다.

심지어 자신들의 꿈속에서마저 악몽으로 각인되어 있는 이원생이 아닌가.

원생은 그러한 복면인들의 모습을 보고 확신하였다.

'나를 아는구나. 그것도 두려울 정도로 말이야. 그렇다면 필히 내 무공을 보았던 놈들이겠고, 복장을 보아하니 어지간히 자신의 정체를 숨기고 싶은 놈들이니 누군지 대충은 알 것 같군.'

요약하면 간단하다.

원생이 근래에 무공을 쓴 적은 황실에서 암투를 벌인 고무만의 난 때다.

그러면 당연히 범위는 두 개로 줄어든다.

하나는 고무만의 병력 중 살아남은 자들이겠고, 아니면 명교의 인원.

'고무만의 병력은 다른 놈이 튀어나와서 없앴으니 저놈들은 명교의 뭐냐, 그, 아, 뭐더라?'

이름조차 기억이 나지 않는 원생이지만 일단 명교의 사람들이라는 것은 확신에 가까웠다.

'아무튼 명교의 인원이라는 것은 확실하군. 그렇다면 이야기가 쉬어지겠어.'

원생은 의외로 이 상황도 쉽게 풀 수 있을 것이라는 생각이 들었다.

'저놈들이 내 눈치를 보고 있다는 것은 언제고 도망친다는 생각을 하고 있는가 본데, 흠, 왜 도망을 치지 못하는 거지?'

천마대가 원생의 움직임에 하나하나 반응하면서 쭈뼛쭈뼛 서 있는 것이 원생의 눈에 들어왔다.

원생의 입장에서는 그저 저 복면인들이 빠르게 도망쳐 주는 것이 두 손 들고 환영할 일이지만 그들은 외인대와 원생을 관망하고 있는 것이다.

원생은 그 모습을 보고 뒤편에 마주하고 있는 외인대의 인원들도 쳐다보며 생각했다.

'저 남궁세가의 인원들 때문에 그런가? 하긴, 치열하게 싸움을 벌이다가 갑자기 도망친다면 누가 그냥 보내주겠어. 그것도 무림맹의 앞마당에서 말이야.'

구명우의 고민을 정확히 이해한 원생이다.

원생은 그러한 고민을 하고 있는 천마대와 구명우에게 좋은 구실을 하나 만들어주기로 하였다.

'좀 억지스럽긴 해도 저 남궁세가의 바보는 충분히 납득할 거야.'

남궁철의 능력을 익히 보아온 원생이다.

원생은 마부석으로 다시 올라가며 남궁철에게 말했다.

"그냥 먹히게 놔둘 거야?"

남궁철은 원생의 말에 늑대들을 쳐다보았다.

명호와 일규는 늑대들에게 사이좋게 서로 한 입씩 먹혀서 팔을 추욱 늘어뜨린 채다.

"억! 명호야! 일규야!"

원생은 남궁철의 소스라치게 놀란 외침에 늑대들의 목줄을 채면서 말했다.

찰싹!

"뱉어라. 썩은 거 먹으면 몸에 안 좋다."

그러자 늑대들은 주저없이 명호와 일규를 뱉어버렸다.

퉤!

크릉!

털썩!

쿵!

각기 떨어지는 소리는 다르지만 명호와 일규는 늑대들의 입에서 뱉어져 나와 땅바닥에 누워 있다.

그 모습을 보고 원생은 늑대들을 다시 봤다.

'네놈들도 먹는 걸 가리는구나. 입이 생각보다 고급인데?'

사실 마한지의 늑대들이 인간을 공격하기는 했지만 인육을 먹지는 않았다.

어째서 사람들이 마한지의 늑대가 인육을 먹는다고 착각했는지는 늑대들이 공격한 사람들의 파편을 보고 지레짐작한

것뿐인데,

워낙 강한 늑대들의 공격에 형체도 알아볼 수 없는 사람들이 수두룩하였다.

그 때문에 마한지의 늑대가 사람을 죽이고 그 시체를 먹는다는 착각을 하게 만들었던 것이다.

원생의 말을 들은 늑대들이 명호와 일규를 먹은 것은 단지 하는 시늉만 보였을 뿐 삼키지 않고 물고만 있었을 뿐이다.

늑대의 입에서 나온 명호와 일규를 보고 남궁철은 즉시 외인대의 대원들을 데리고 그곳으로 달려가 두 명의 상태를 보도록 하였다.

"일규야! 명호야! 정신 좀 차려보아라!"

"일조장님! 이조장님!"

"제가 당장 의원을 불러오도록 하겠습니다!"

천마대와의 대치 상태가 순식간에 풀린 상황이다.

외인대의 전우에 대한 지극한 사랑. 원생은 그 모습을 보며 짤막하게 평했다.

"저놈들도 은근히 더 이상 싸우기 싫었나 보군."

명호와 일규의 상태는 딱 보아도 그저 정신만 잃었을 뿐 별로 심하지는 않았다.

저렇게 외인대 전원이 정색하며 천마대와의 대치 상태도 접어놓고 달려들 정도는 아니라는 것이다.

원생은 한심하게 외인대를 지켜본 후 천마대 전원에게 전음을 넣었다.

[뭘 보고만 있어? 튀어!]

구명우는 이원생의 전음을 듣자마자 생각하고 자시고 할 것이 없었다.

그는 팔을 들어 철수 신호를 보내고는 즉시 자리를 벗어나 버렸다.

원생은 천마대의 그러한 모습을 한심하다는 듯 쳐다보고는 무심하고 느긋하게 늑대의 목줄을 튕기며 말했다.

찰싹!

"가자. 우리는 우리 일을 봐야지."

외인대와 천마대의 짧지만 굵은 만남.

무림의 양대 세력 중 신진 고수들과의 전초전은 이렇게 꺼림칙한 뒤끝을 남기며 끝이 났다.

第十章

—이원생

"자, 잠깐만! 불가에서는 옷깃만 스쳐도 인연이라고 하지 않았는가. 그러니 우리가 보통 사이인가?"

나는 남궁철의 물음에 생각이고 자시고 할 것도 없이 고개를 아래위로 끄덕이며 말했다.

"남이지. 뭐 더 따질 것 있소?"

간단명료한 나의 대답에도 불구하고 승복하지 못한 남궁철은 구구절절 이유를 늘어놓으며 계속해서 내 앞길을 막아

대었다.

콱 저놈도 그냥 늑대 밥으로 던져 줘버려?

"그, 그게 아니라 그저 다친 대원들과 같이 마차로 무림맹까지 올라가는 것이 그렇게 힘든가?"

"……."

선의를 호소하는 남궁철의 마음은 잘 알겠지만, 저 두 놈은 다시 만나면 가만두지 않겠다고 내 스스로 다짐한 놈들이다.

저 명호라는 놈은 마을에서 나에 대해 악소문을 퍼뜨리고 다녀서, 그렇지 않아도 바닥을 기는 나의 연애사를 깡그리 불태워 버린 놈이고.

나머지 일규 저놈은 마지막 근무 때 근무 일지를 뒤죽박죽으로 만들어놓고 간 천하에 다시없는 악독한 놈이다.

물론 일은 팽이현이 다 했지만 그 구시렁대는 소리를 하루 온종일 듣게 하다니.

그 일을 다시 꺼내어 상기해 보니 저 두 놈은 여기서 사지를 묶어 달아놔도 괜찮을 것 같다는 생각이 들었다.

나는 남궁철에게 심드렁하게 대답해 주었다.

"힘들지. 힘들고말고. 우리 말들이 힘들어하는 거 안 보여?"

크르르르르!

크릉!

"어, 어떻게 저것들이 말이라고. 크흠! 아무튼 저렇게 생기가 넘치는데 고집을 꼭 부려야겠다면 정문을 담당하는 초계단의 단주로서 들어가는 것을 막겠네."

난 남궁철의 말을 사뿐히 즈려밟고 가주었다.

"자, 가자!"

철썩!

나는 다시 한 번 늑대를 다그치며 말했다.

늑대들은 아까와는 사뭇 다른 채찍질에 깜짝 놀라며 앞에 있는 남궁철은 안중에도 없다는 듯이 앞으로 밀고 나갔다.

크륵!

컹!

덜커덩덜커덩!

"어, 어? 자, 잠시만! 이렇게 나오면 사람을 시켜 잡아서 가둘 수도 있네!"

남궁철의 말 같지도 않은 말에 대꾸해 주었다.

"누가? 여기서 멀쩡히 걸어 다니는 사람은 너밖에 없는 것 같은데?"

놈의 부하들은 전부 다 지쳐서 나가떨어졌거나 어디가 다쳐 바닥에 누워 끙끙 앓고 있다.

저런 놈들을 가지고 누구를 가둔다고?

난 마차를 끌어 남궁철과 그 부하들을 깡그리 무시하고 무림맹으로 올라가려고 하였다.

그 순간, 옆에서 화정 소저가 나의 소매를 살짝 끌어당기며 걱정스러운 말투로 나에게 말했다.

슥.

"음?"

"저분들 상태가 많이 안 좋아 보이는데 데리고 같이 들어가면 안 될까요?"

그리고 보니 미녀가 옆에 있는데도 잠시 저놈들 문제에 집중하다 보니 화정 소저를 잊고 있었다.

나의 의중을 묻는 화정 소저의 말에 고개를 크게 끄덕이며 답했다.

"말이라구요! 당연히 화정 소저의 말이라면 들어야지요!"

현재 상단을 이끄는 것은 바로 화정 소저가 아닌가.

그중에 곁다리로 끼어서 가는 내가 거절할 것이 아니었다.

더군다나 저 얼굴로 정면으로 쳐다보고 부탁하는데 거절할 남자가 어디 있겠는가!

아, 나만 그런가?

내 말을 들은 화정 소저는 방긋 웃으면서 기뻐하며 남궁철에게 말을 전했다.

"헤헤, 역시 포두님은 착하신 분이세요. 그럼 단주님, 제마차 중 빈 곳에 골라 태우세요."

"아! 소저, 정말 감사합니다! 하하하! 이 남궁철이 큰 빚을 졌습니다!"

빚은 나에게 졌지.

하지만 이걸 또 말하면 얼마나 속 좁게 보일 것인가.

남궁철은 부상자들을 성심성의껏 마차의 빈 곳에 차곡차곡 옮겼다.

부상이 경미한 사람들에게 말을 전하고 즉시 자신도 마차에 몸을 실었다.

"너희는 내가 내려올 때까지 정문에서 번을 서다가 내가 내려오는 즉시 치료를 받으러 맹으로 올라가거라!"

"알겠습니다, 대주."

"그렇게 하겠습니다. 다녀오십시오."

척!

나는 남궁철이 올라탐과 동시에 다시 한 번 늑대들의 목줄을 튕기려고 하였다.

하지만 목줄에 힘이 느껴지자 녀석들은 맞기 싫었는지 눈치껏 마차를 끌어 무림맹으로 올라가기 시작하였다.

덜커덩!

끼익!

역시 사람을 제법 실어서 그런지 마차는 육중한 무게를 담은 소리를 내며 굴러갔다.

음, 그리고 보니 이제 나도 준비를 해야겠군.

아무런 연통도 보내지 않고 덜컥 화무황을 찾아왔으니 쉽게 만나줄 이유도 없거니와 화산파에 연줄도 없어서 쫓겨나지 않으면 다행이지 싶다.

흐흠. 도대체 어떻게 하면 쉽게 화무황을 접견할 수 있으려나?

두리번두리번.

난 무언가를 이용할 것이 없나 싶어서 주변을 둘러보았다.

화정 소저와 중원상단을 이용하고는 싶었지만 무슨 이유로 그들이 화무황을 접견한단 말인가?

또한 중원상단에서 화무황을 접견한다고 했을 때 쓸데없는 소문이 돌 수도 있는 노릇이다.

가뜩이나 무림맹 내부의 상황도 뭔가 복잡하게 돌아갈 거라고 예상하는데, 거기에 중원상단을 끼워 넣을 수는 없는 일이다.

고작 마한지 한 명도 막지 못한 지금의 화정 소저의 세력으로 암수와 혈투가 황실보다 더하면 더하지 덜하지 않은 무림맹의 아귀다툼에 끼어들게끔 할 수는 없다는 말이다.

그렇다면 그런 아귀다툼에 끼어들어도 별반 상관이 없을 만한 인물로 찾아야 하는데, 지금 이 상황에서는 남궁철밖에 보이지 않았다.

덜컹!

이윽고 마차가 무림맹 안에 도착하고 남궁철은 그 즉시 마차에서 내려 맹에 있는 의진각으로 내달리려 하였다.

그런 남궁철을 불러 세우며 마차에서 내려 남궁철에게 다가갔다.

"이보시오, 남궁 단주."

그래도 부탁하는 처지에 아까와 같은 고까운 말투를 쓰면 되겠는가.

난 최대한 부드럽게 남궁철을 부르며 다가갔다.

남궁철은 갑작스러운 나의 태도에 말을 더듬으며 말했다.

"왜, 왜 그러시오, 사람 무섭게? 혹시 내 몸을 노리는 것이오?"

"닥! 크흠! 그것이 아니고, 내 단주에게 긴히 부탁할 것이 있어서 그러오."

순간적으로 주먹을 들어 남궁철의 면상에 시원하게 주먹질을 하려는 나의 마음을 간신히 참았다.

나의 말을 들은 남궁철은 고개를 갸웃거리면서 말했다.

"음? 내 몸을 노리는 것만 아니라면 들어는 보리다."

"…그것은 절대 아니오. 아무튼 부하들을 이곳까지 데리고 온 보답으로 화무황과 만날 수 있도록 추천서나 좀 써주시오."

그러자 남궁철은 고개를 무겁게 끄덕이고는 나를 의심에 찬 눈초리로 쳐다보며 말했다.

"설마 화무황의 몸을 노리는 것이오? 형씨 그렇게 안 봤는데……."

하하하!

난 남궁철의 멱살을 쥐어 잡으면서 예의는 밥 말아 먹어버리고 분노를 가득 담아서 말해주었다.

덥석!

"도대체 네놈 머리에 뭐가 들어 있는지 당장 갈라보기 전에 추천서 한 장 써주고 볼일 봐!"

"캑캑! 여, 역시 나의 몸을 노리고……!"

정말 솔직히 이야기하면 얼굴은 남궁철보다 내가 더 낫다.

그런데 어디서 이딴 얼굴을 들이밀며 그딴 생각을 하는 거냐!

"이 미친놈이 정말!"

"컥! 알겠소. 알겠다니까!"

언젠가 분명히 남궁철의 머리를 갈라봐야지.

필히 머리에 벌레나 돌덩이가 가득 차 있을 것이다.

나는 남궁철의 멱살을 풀어주었고, 남궁철은 곧바로 의진각을 향해 달려가며 나에게 말했다.

"일단 나에게 지필묵이 없으니 의진각에서 써오겠소! 기다리시오!"

"……."

난 아무런 대꾸를 하지 않고 그저 고개만 까딱거려 주었다.

후우! 내가 어쩌다가 저런 놈하고 얽힌 거지?

속으로 한숨을 내쉬면서 뒤를 돌아보았더니 화정 소저와 모 부단주가 나를 기다리고 있다.

무슨 일이지?

일단 다가가서 물어보는 것이 좋을 듯싶어서 그들에게 걸어갔더니,

나에게 공손히 인사를 해보이는 것이 아닌가?

나는 서둘러 화정 소저와 모 부단주에게 달음질로 달려가 몸을 일으켜 세우며 말했다.

"이게 무슨 짓입니까. 제가 한 게 무어가 있다고. 어서 일어나십시오."

한 거 많지.

솔직한 내 심정으로는 절을 받아도 시원치가 않지만 굳이 그럴 필요가 있나?

어차피 보답이야 받았는데 말이야.

화정 소저와 모 부단주는 나의 말에 그저 잔잔한 웃음을 띠면서 감사의 말을 계속해서 전했다.

"아니에요, 포두님. 저희가 포두님에게 받은 은혜를 어찌

잊겠습니까. 부디 지금은 인사밖에 올리지 못하는 저희를 용
서해 주세요."

가녀리게 말하는 화정 소저의 고운 목소리에 잠시 정신을
놓고 '당신으로 그 은혜 보답해 주면 안 될까요?' 라는 헛소리
가 나오기 전에 마음을 다잡았다.

헉헉헉! 원생아, 잘했다.

나는 스스로를 응원하면서 화정 소저의 말에 답했다.

"무슨, 그런 말 하지 마십시오. 오히려 저희가 민폐를 끼치
면 끼쳤지요."

모 부단주는 털털하게 웃어 보이며 내 어깨를 꾸욱 감싸 쥐
고 말했다.

턱!

"고맙습니다, 포두님. 이번 무림맹 출행은 포두님이 아니
었으면 꼼짝 없이 그 눈밭에서 죽었을 것입니다."

"별말씀을요. 아무튼 어찌 되었든 이렇게 무사히 출행을
마치셔서 축하드립니다."

포권을 지어 보이면서 나는 이 낯간지러운 상황을 타개하
기 위해 마무리 짓는 말을 하였다.

나도 할 일이 있고 중원상단도 짐을 다 내리고 다시 중원상
단의 본가가 있는 곳으로 향하려면 준비할 것이 한두 가지가
아닐 것이다.

화정 소저와의 이별을 아쉬웠지만 만남이 있으면 헤어짐도 있는 법이다.

나의 말에 화정 소저는 다시 한 번 고개를 숙여 보이면서 고마움을 전했다.

꾸벅.

"다시 한 번 감사드립니다, 포두님."

"이러시지 마시라니까요. 제가 더 부담스럽습니다."

내가 화정 소저에게 부담을 표하자 화정 소저는 몸을 일으켜 세우고는 활짝 웃어 보였다.

왠지 화정 소저의 주변으로 꽃이 만개되어 휘날리는 착각이 드는 것은 나뿐인가?

잠시 환상에 빠져 있는 나를 깨우는 것은 모 부단주의 목소리였다.

모 부단주는 늑대의 처분을 어떻게 할 건지에 대해 나에게 물어왔다.

"한데 저 늑대들은 이제 어찌하실 생각입니까?"

나는 생각해 왔던 대로 모 부단주에게 말했다.

"그냥 쓰십시오. 어차피 제가 가져가면 먹이 값만 많이 들고 쓸 데도 없습니다."

"흠. 하긴 포두님이 저 늑대들을 쓸 곳이 없는 것은 이해를 하나… 으음."

말을 잇지 못하면서 고민과 걱정에 빠진 모습을 보이는 부단주다.

모 부단주의 걱정은 충분히 동감이 간다.

지금껏 내가 있어서 늑대들이 말을 잘 들었는데 내가 없다면 저 늑대들이 과연 말을 잘 들을 것인가에 대한 고민일 것이다.

그것에 대한 나의 대답은 쓸데없는 걱정이라고 말해주고 싶다.

저놈들은 아마도 내 손을 벗어나게 된다면 쌍수를 들고 환영할 것이다.

언제 죽을지 모르는 불안함을 매일 맛봐야 했으니 그 노심초사하는 마음은 동물이나 사람이나 비슷할 것이다.

한데 그런 인간이 사라지고 먹이도 잘 주고 늑대들을 잘 보살피는 인간으로 대체된다고 생각해 보아라.

아마도 저놈들은 좋아서 사방을 뛰어다닐 것이다.

그래도 혹시나 야성에 길들여진 녀석들이니 위험한 짓을 못하게 쐐기를 박아놓는 것이 좋겠군.

난 모 부단주에게 말하고는 늑대들에게 다가갔다.

"잠시만 기다리십시오. 늑대들을 얌전하게 중원상단의 말을 듣게끔 해놓겠습니다."

"그것이 가능합니까?"

"그래도 제법 개 주제에 머리가 있으니 걱정하지 않으셔도 될 겁니다. 그럼 조금만 기다리십시오."

사람을 알아먹기는 무슨, 그냥 눈치껏 아는 거지.

모 부단주에게 말을 해놓고 늑대들에게 걸어가니 그놈들은 내 모습을 보고 잔뜩 움츠려들며 몸을 바닥에 붙이고는 아래에서 위로 힐끔힐끔 날 쳐다보고 있다.

그래, 내가 없어도 이런 자세가 나와야 뒷말이 없을 것인데.

나는 대장 늑대에게 걸어가 그 녀석의 목덜미를 친근하게 매만져 주었다.

슥, 스윽.

그러자 녀석은 나의 이 친근한 손길을 느꼈는지 신음 소리를 내며 몸을 부들부들 떠는 것이 아닌가.

흠칫!

끼잉, 끼잉.

쩌업! 너무 팼나?

저번에 분명히 힘 조절 하면서 때린 것 같은데 말이야.

난 녀석에게 최대한 부드러운 음성으로 말을 떼었다.

"너 나랑 갈래?"

어차피 간다고 해도 같이 안 갈 것이지만 굳이 이렇게 물어본 의도는 따로 있었다.

나에 대한 충분한 공포감을 심어주어서 다른 짓을 못하게 만들려는 심산이다.

녀석은 나의 말을 알아들었는지는 몰라도 갑자기 심장박동이 빨라지기 시작하였다.

후후후, 이렇게 되면 일이 쉬워지지.

나는 대장 늑대의 목덜미를 쓰다듬다 말고 갑작스레 뒷덜미를 움켜쥐며 적대감을 가득 담아 녀석에게 말했다.

우직!

"그럼 여기서 계속 마차를 끌겠다고?"

내 말이 떨어지기 무섭게 녀석은 강력하게 동의를 담은 애교를 나에게 보내왔다.

할짝할짝!

끼잉끼잉!

여기 남게만 해준다면 가죽이라도 벗어줄 기세다.

가열차게 흔드는 꼬리만 보아도 녀석이 얼마나 나와 마주치고 싶지 않은지 알 수 있는 대목이다.

나는 그런 녀석의 모습을 보면서 한편으로 슬프기 그지없었다.

그래도 미운 정이 들지 않았는가.

이렇게 날 싫어한다는 것을 미리 알았더라면 삶아 먹어버렸을 텐데.

추릅!

입가에 살짝 침이 고였지만 얼른 감추고 녀석에게 강력한 의지를 담아 말했다.

"그래, 네 생각이 그렇다면 남게 해주지."

컹! 컹!

"하지만 네놈들이 만약 저기 저 사람들에게 해라도 끼친다면."

꾸욱!

녀석의 뒷덜미를 잡은 상태에서 내공을 몸에 주입해 놈의 사혈을 건드려 주며 뇌리 속에 잘 박힐 수 있도록 말했다.

"그때는 산 채로 껍질을 벗겨서 탕을 해 먹어버리겠다. 내 말 알아들었냐?"

끄으으웅!

나의 말에 대장 늑대는 숨이 넘어갈 듯 대답하고는 다시 배를 바닥에 붙였다.

이 정도면 충분하겠군.

탁탁.

손바닥을 털어내고는 자리에서 일어나 모 부단주가 있는 곳으로 걸음을 옮겼다.

그러자 아까의 상황을 본 부단주는 나에게 감탄에 찬 목소리로 말하며 맞이했다.

"정녕 저 짐승 같은 놈들을 길들이는 솜씨가 신묘하기 그지없습니다, 포두님."

그 말에 나는 담담히 웃으면서 별것 아니라는 듯이 대꾸하였다.

"아닙니다. 그저 인간에 대한 경각심이 지금에서야 나타난 듯싶습니다."

덤비면 죽음보다 더 지독한 고통이 기다린다는 것을 저것들은 나를 만나고 깨달았을 것이다.

부단주는 나의 말에 고개를 끄덕이면서 동의를 표했다.

"어찌 되었든 사람 손에 길들어져 있는 놈들이라서 그런지 상단 이동 중에도 먹이를 챙겨주자 애교도 곧잘 부리곤 했는데, 이렇게 한식구가 될 줄은 꿈에도 생각지 못했습니다. 허허허."

털털하게 웃으면서 늑대들을 식구라고 말해준 부단주에게 나도 같이 웃어주며 말했다.

"하하하, 부단주와 상단주에게 큰 복이 되기를 기원하겠습니다."

"말이라고 하십니까? 허허허. 이제껏 끄는 힘으로 볼 때는 사두마차가 무엇입니까. 저 늑대 한 마리면 육두마차의 몫은 하겠습니다. 허허허."

늑대가 세 마리이니 한 번에 이동하는 양이 어마어마하겠군.

저 늑대 세 마리면 아마도 중원상단에서 화정 소저의 위상이 지금과는 다를 것이다.

예상컨대 근시일 내로 중원상단의 자리싸움은 화정 소저의 승리로 끝날 공산이 컸다.

단순히 저 늑대가 아니라 개 주인인 마한지까지 동원해서 화정 소저를 지워 버리려고 하는 것은 그만큼 의뢰자의 입지가 상단 내부에서 약해졌다는 반증.

화정 소저 측에서는 이번 출행으로 그야말로 남는 장사를 몇 곱절은 한 셈이다.

"하하하, 그렇게 도움이 되신다니 기쁘기 그지없습니다."

이것은 진심이었다. 중원상단이라는 거대한 상단에게 줄 놓는 게 쉬운 줄 아는가?

이렇게 뭔가를 해주면 나중에 내가 필요할 때 상부상조하는 거지.

나의 말에 부단주는 흡족하게 웃으면서 포권을 해보이며 전에 내가 부탁했던 것을 상기시켜 주었다.

"허허허, 다 포두님 덕택이지요. 그리고 저번에 부탁하신 것은 상단에 도착하자마자 바로 해결해 드리도록 하겠습니다."

"아유, 급하게 하실 것은 없습니다. 그저 되는대로 해주십시오."

빈말이라도 이렇게 해주는 게 서로 주고받는 예의가 아니던가.

흐흐흐, 그래도 마지막에 이렇게 말을 꺼내주니 내 쪽에서 고맙군.

난 설마하니 부단주가 까먹을까 싶었는데 말이야.

나와 부단주의 대화가 끝나갈 무렵, 마차는 남궁철의 부하들을 전부 내려놓고 서서히 이동할 준비를 끝내가고 있었다.

부단주는 그 모습을 보고 나에게 다시 포권을 해 보이는 것을 끝으로 상단으로 돌아갔다.

나는 정육과 우두커니 남아 상단이 완전히 맹 안으로 들어가는 것을 지켜보고 있었다.

철크럭.

정육이 내 옆으로 다가오자 쇠 부딪치는 소리가 들렸다.

"뭐냐, 그건?"

평소에는 못 보던 막대기 같은 포대가 녀석의 허리춤에 달려 있는 것을 보고 물었더니 정육이 팔짱을 낀 채로 덤덤하게 대꾸했다.

"상철지의 창이오."

"음?"

"마지막 유품이나 사부에 대한 예우는 아니오. 그저 이대로 묵혀두기 아까운 병기라 챙겨온 것뿐이오."

평소 돈도 밝히지 않는 놈이 좋은 병장기라 해서 물욕을 부리겠는가?

상철지 그놈이 정육에 대해서 평가는 정확히 했다.

사람의 정을 받지 못하고 자라기는 했지만 원래 정을 모르고 사는 사람이 정을 더 그리워한다고.

녀석은 부정할지 모르겠지만 나는 녀석이 정 많은 놈인 것을 이번 기회에 확실하게 알 수 있었다.

원수이자 스승에 대한 마지막 예우.

"그래, 알았다, 알았어."

툭툭.

나는 아무것도 묻지 않고 그저 알았다고만 말한 후에 녀석의 어깨를 몇 번 두드려 주었다.

그렇게 어느 정도 시간이 흘렀을까.

의진각의 사람들이 나와 남궁철의 부하들을 하나둘씩 데리고 사라졌다.

남궁철은 아까 나에게 말한 전서 한 통을 들고 나타났다.

"좀 늦어서 미안하네. 하하하! 뭐 사나이가 늦을 수도 있고 그런 거지."

박력있는 남궁철의 말에 나는 뭐라고 이놈을 갈굴까 심사숙고하였다.

그러나 여기서 녀석을 갈구면 한도 끝도 없을 것 같아서 그저 놈이 내민 전서를 받아 들고 제대로 썼는지 살펴보았다.

"……."

타악!

아무 말도 없이 전서를 낚아채서 전서의 내용을 펴보니 남궁철이 달리 보이기 시작하였다.

멍청이에서 얼간이로 말이다.

"야, 이 미친놈아! 지금껏 기다렸더니 전서 내용을 이따위로 써와!"

뻑!

나는 가차없이 녀석의 사타구니를 발로 걷어차 버렸고, 남궁철은 외마디 비명과 함께 가운데를 잡고 쓰러졌다.

"컥!"

쿠당탕!

어처구니가 없어서. 그래도 사람이 보통은 되어야 하지 않는가?

> 검황을 보고자 하는 사람들입니다. 들여보내주오.
>
> —남궁철

이 밑도 끝도 없는 전서의 내용은 무엇인가! 이런 걸 보고 화산파가 잘도 들여보내 주겠다.

바닥에서 뒹굴고 있는 남궁철을 무시하고 정육에게 시켜 근처에서 지필묵을 빌려 오게 하였다.

"야, 의진각이나 어디 가서 지필묵 좀 빌려와라."

"무엇을 하려는 것이오?"

"저놈에게 추천서나 전령에 해당하는 연통을 부탁했는데 똥을 가져왔다. 그래서, 다시 써야 하니 지필묵 좀 가져와."

나의 단순명료한 말에 정육은 감탄을 금치 못하며 대꾸하였다.

"다친 사람을 이렇게 시켜도 되는 것이오?"

하하하, 이놈도 뭘 잘못 먹었나?

"다친 곳이 팔이지 다리냐? 빨리 가져오기나 해, 정말 다치고 싶지 않으면!"

도대체 이놈이고 저놈이고 일을 잘하는 놈이 없다. 전부 다 내가 나서서 처리해야 하니, 이거야 원.

정육은 내 말에 무언가 아쉬운 표정을 짓더니 곧장 의진각 쪽으로 달려갔다.

나는 녀석이 지필묵을 챙겨올 때까지 뒹굴고 있는 남궁철에게 이제부터 해야 할 일에 대해 동의를 구하였다.

"커헉! 깨, 깨졌나? 아니야. 깨졌을 거야. 크흑!"

말 같지도 않은 소리를 하며 뒹구는 남궁철에게 다가간 나는 녀석의 머리맡에 쭈그려 앉아 친절하고 부드러운 목소리로 말했다.

"진짜 깨버리기 전에 조용히 해."

"헙."

"좋아, 좋아. 그럼 이제 이야기하지. 후우. 지필묵을 가져오는 대로 내가 전서를 다시 쓸 테니 네놈은 거기에 남궁세가 문양만 찍어줘라. 알겠냐?"

"아, 아무리 그래도 세가의 문양을 마음대로……!"

난 녀석의 말을 끊으며 한껏 입술 한쪽으로 말아 올린 채로 협박, 아니, 말했다.

"네놈이 내 형수에게 찝쩍거린 거 어디 한번 공문으로 세가에 올려볼까? 아니면 대내외적으로 까발려 줘? 남궁세가의 남궁철이 임자 있는 여자에게 연정을 보내다가 관원에 걸려서 망신당했다고?"

나의 천상유수 같은 협박, 아니, 설득에 남궁철은 조용히 품안에서 남궁세가의 인장을 꺼내 나에게 두 손으로 공손이 바쳐 모셨다.

처억!

"하하하, 왜 그렇게 민감하게 나오시는가. 같은 무림의 동도로서 선처를 부탁하네."

찔리는 구석이 한두 가지가 아닌 남궁철이 아닌가. 알아서 제 발 저리기 전에 내놨으면 얼마나 좋아.

나는 녀석이 내민 인장을 뺏어 들며 말했다.

탁.

"선처는 무슨. 그러니 앞으로 내 앞에서 행동 조심하시오. 그러지 않았다가는 세가에서 얼굴도 못 들고 다니게 해드릴 테니."

"좀 잊어주면 안 되겠나? 하하하, 내 분명 그때 벌은 받은 것으로 기억하는데."

"아아, 그 노래까지 흥얼거리면서 대장간에서 일했던 그 일?"

용구네 대장간에서 자신들의 적성에 꼭 맞은 일을 찾은 마냥 행복하게 일한 것이 벌이라고 느낀 남궁철이다.

자고로 벌이라는 것은 고통과 고난이 수반되어야 하는 것을 모른단 말인가?

내가 꼭 이놈을 포함에서 그 세 놈은 살아 있는 지옥이 뭔지 보여주고 말 테다.

남궁철은 나의 말에 당연하다는 듯이 가슴 쭉 펴고 나에게 당당하게 말하였다.

"돈도 받지 않고 일했으니 당연히 벌이 아닌가! 노역이지! 아암!"

"그럼 세금 내고 살던가."

"……"

쓸데없는 남궁철의 반박을 깔끔하게 정리해 버릴 때, 정육이 지필묵을 들고 나타났다.

"여기 있소."

지필묵을 꺼내놓자 나는 그 즉시 그것을 받아 들고 일필휘지로 써 내려가기 시작했다.

남궁세가에서 상의할 일이 있으니 화무황에게 직접 전해야 한다는 내용이었다.

그러면 당연히 나는 남궁세가의 전령이 되는 것이고, 화무황과 대면할 수 있을 것이다.

후후후, 나의 이 영민한 머리에 감탄하지 않을 수 없구나! 후후후.

어차피 화무황과 만나서 이야기만 하면 되었으니 자세한 내용은 적지 않았다.

꾹!

전서에 남궁세가의 인장을 찍고 나서 남궁철에게 인장을 던져준 후 곧장 화산파로 향했다.

시간 끌어서 좋을 일은 없었다.

계획한 일은 얼른 얼른 마무리 지어버리는 것이 정신건강에 유익하니 말이다.

저벅저벅.

그나저나 맹이 크긴 크군.

언제고 한번 와본 적이 있는데 그새 건물이 몇 개가 더 생긴 거야?

전쟁 와중에 한 번 와보고 전쟁 끝나고 황실의 특사로 한 번 와본 게 전부이긴 하지만, 얼추 보면 황실보다 더 넓다고 하겠어.

"흠. 그래도 이정표가 쓰여 있기는 하군."

화산파의 무림맹 지부가 있는 곳을 알려주는 나무 이정표가 내 눈에 들어왔다.

나는 그것을 따라서 곧장 걸어갔고, 곧이어 화산파라고 쓰인 거대한 현판이 나를 맞이해 주었다.

검의 고향이라 불리고 중원에서 검을 잡은 사람이라면 검의 성지라고 칭할 만큼 검수들의 절대적인 지지를 받고 있는 화산파.

전쟁 이후로도 검황 화무황를 비롯해 수많은 검수를 배출하여 강호의 위명이 자자한 문파가 아닌가.

나는 그곳의 정문을 지키는 화산파의 문도에게 남궁세가의 인장이 찍힌 전서를 전해주며 말했다.

"남궁세가의 전령이 왔다고 말 좀 전해주시오."

정중한 나의 말에 화산파 문도는 나를 아래위로 쳐다보며 말했다.

"남궁세가의 사람이 맞으시오?"

내 복장에 대해서 물어보는 것이 확실하다.

으레 남궁세가의 사람들이 입고 있어야 할 남색의 무복과 세가의 표식이 가슴에 붙여 있어야 하는데 지금 나는 그저 평상복이 아닌가.

하지만 나에게는 그 누구도 따라 하지 못하는 확실한 신분 확인을 할 수 있는 것이 있었다.

"그 인장을 보고도 못 믿으시겠소? 어차피 검황만 만나보려는 것인데 굳이 세가의 옷을 입을 필요도 없고 말이오."

나는 은연중에 은밀하게 왔다는 것을 내포하는 말을 흘렸다.

내 복장에 대한 설명도 그 말로 대신하고 말이다.

나의 말을 들은 화산파 문도는 고개를 잠시 주억거리더니 여전히 나를 의심스러운 표정으로 바라보며 말했다.

"일단 안에 가서 물어보고 올 테니 잠시 여기서 기다리시오."

"알겠소이다."

오늘 안에 끝나려나? 거참, 날인 한번 받기 힘드네.

예전에는 그냥 황제에게 넌지시 부탁 한번 하면 만사형통이었는데 말이야.

이런 일 처리하기에는 그쪽에 몸담고 있을 때가 좋았는데.

그래도 다시 들어가고 싶지는 않다.

굳이 내가 이 고생을 해가면서까지 예전의 인맥을 이용하지 않는 이유는 단 하나다.

아무하고도 엮이기 싫다.

중상 형님이든 황제든, 그저 내가 보이지 않는 곳에서 칼부림을 하고 둘이 손을 잡고 소꿉놀이를 하든 절대로 엮이기 싫다는 것이다.

뭐, 만약 둘이서 소꿉놀이를 한다면 가끔 가서 술 먹고 개가 되는 망나니 가장 역할은 해줄 생각은 있지만.

이런저런 생각을 하고 있는 도중에 나의 전서를 들고 사라진 화산파 문도가 다시 돌아오고 있다.

조금 떨어져 있기는 하지만 표정을 보아하니 경직되어 있지 않은 걸 보니 들여보내 주기는 할 것 같다.

이윽고 화산파 문도는 내 앞까지 다가와 말했다.

"일단 장문인께서 먼저 뵙자고 하십니다."

엥? 갑자기 무슨 일이래?

갑작스러운 화산파 문도의 말에 난 기로에 서게 되었다.

만약 여기서 거절한다면 화산파에 들어가지도 못하고 나오게 되는 꼴이다.

그 이후에는 다른 방법을 찾으러 무림맹 이곳저곳을 기웃거려야 하지 않겠는가.

그러자니 화산파 안으로 들어갈 수는 있지만 장문인을 만나는 것이 여간 부담이 되는 것은 아니다.

지금 나의 신분은 오로지 화무황만이 아는 것이고, 다른 사람들은 전부 남궁세가의 전령이라고 판단하고 있으니 내가 만약 여기서 무슨 행동이라도 잘못한다면 그 즉시 애먼 남궁세가만 피해를 보게 된다.

후우, 어떻게 해야 하지?

"어떻게 하실 겁니까? 들어가실 겁니까, 아니면 그냥 되돌아가시겠습니까?"

젠장. 한번 칼을 빼 들었으니 일단 가고 보자.

대충 화무황과 만날 이유를 얼버무리면 어떻게든 되겠지.

"장문인을 먼저 뵙겠습니다. 그리고 너는 이곳에서 기다리고 있거라."

나는 신분을 감추기 위해 정육의 이름을 따로 부르지 않고 말했고, 정육은 그저 고개를 끄덕거림으로써 내 말에 따랐다.

화산파 문도는 나를 인도하며 말했다.

"그럼 이쪽으로 따라오십시오. 그리고 나머지 분은 저기 저쪽에서 기다리시면 될 것입니다."

정육은 그 말을 듣고 화산파 문도가 가리킨 방향으로 걸어갔다.

나와 화산파 문도는 장문인을 보기 위해 화산파 무림맹 지부 안으로 들어섰다.

긴 복도를 지나서 이 층과 삼 층을 올라 맨 끝으로 올라서자, 화산파의 장문인이 기거하는 곳에 다다랐다.

역시 한 문파의 장문인답게 하나의 층을 혼자서 전부 쓰고 있군.

이것만 보아도 현재 무림맹에서 화산파의 위치가 어느 정도인지 짐작하게 한다.

예전에 갔던 무림맹주의 집무실보다 몇 배는 넓어 보이지 않는가.

곧이어 장문실 앞에 도착하자 화산파 문도는 정중하게 문 앞에 서서 내가 왔음을 알렸다.

"장문인께 고합니다. 남궁세가의 손님이 오셨습니다."

잠시간의 정적과 침묵.

이것은 내가 왔다는 것을 듣지 못한 것이 아니다. 그저 정치놀음상 신경전일 뿐이다.

어느 정도의 위치에 서 있던 먼저 찾아온 사람은 분명 무언가 목적이 있어서 손을 내민다.

그것을 알고 있는 사람이라면 먼저 찾아온 사람의 내민 손을 잡지 않고 잠시 초조하게끔 만드는 것이다.

한데 그 방법을 쓰는 사람을 잘못 선택했다.

협상이든 뭐든 기선 제압이 중요한 법.

"장문인께 다시 한 번 고합니다. 남궁세가에서 손… 어?"

"비키게."

내가 왔다는 것을 다시 알리는 화산파 문도의 몸을 뿌리치고 그대로 화산파 장문인의 집무실 문을 열어젖혔다.

덜커덕!

그리고 재빨리 한마디를 덧붙였다.

"무례를 용서하여 주십시오, 장문인!"

"……."

화산파 장문인으로 보이는 사람은 책상에서 나의 모습을 보고 매우 언짢은 시선으로 아무런 말도 하지 않고 내 모습을 지켜보고 있고,

화산파 문도는 당연하게 나의 어깨와 옷을 부여잡으면서 외쳤다.

와락!

"이게 도대체 무슨 짓이더냐! 남궁세가는 예법이란 것이 없는 것이냐!"

아까의 손님에 대한 예우는 어디 가고 막말로 대신하는 화산파의 문도였다.

하지만 이해는 한다.

예의는 내가 먼저 어겼으니 말이다.

나는 화산파 문도에게 제압당하는 척하면서 장문인을 쳐

다보고 외쳤다.

"저는 남궁세가의 전령이 아닙니다, 장문인! 제 신분은 검황께서 확인시켜 줄 것이니 검황을 불러주시옵소서!"

어차피 들통 날 거짓말은 빨리 진실을 밝히는 것이 좋다.

어찌 되었든 소동을 부려놓았으니 내 정체를 파악하기 위해서 검황을 불러오겠지.

내 외침에 화산파의 문도는 화를 내며 즉시 검을 뽑아 들었다.

"이놈! 그럼 나에게 거짓을 말했다는 것인가! 내 당장 네놈의 목을 치리라!"

챙!

그러자 화산파의 장문인이 손을 들어 화산파 문도의 그러한 행동을 저지하였다.

"그만. 감히 장문인실에서 검까지 뽑아 들고 뭐하는 짓인게야."

나직하게 꾸짖는 장문인의 말에 화산파 문도는 일순간 행동과 말을 멈추었다.

후후, 당연히 여기서 피를 뿌리기는 어렵겠지.

아무리 무림맹 내에서 화산파의 영역이긴 하지만 이런 데서 피를 뿌린다면 자신의 문파에 쓸데없는 소문만 돌게 만들지.

화산파 장문인은 나에게 물었다.

"한데 너는 도대체 무엇을 하는 사람이기에 대사형을 안다
는 것이냐?"

나는 절박한 심정을 담아서 말했다.

"그분께 제 신분을 물어보십시오. 장하현에서 포두가 왔다
고 말입니다. 그러면 대답해 주실 겁니다."

"그래? 남궁세가의 인장을 위조하면서까지 검황을 뵈려고
했다면 필시 사연이 있기는 있어 보이는구나. 음, 너는 즉시
손을 풀고 대사형에게 가서 이자의 말을 전해라."

"아, 알겠사옵니다!"

남궁세가의 인장은 위조가 아닌데 마음대로 억측을 하는
구나.

아무튼 어쨌거나 검황을 만나기는 하니 다행이긴 하군.

만약 저 화산파 장문인이 다른 생각을 가지고 있었다면 또
쓸데없이 몸을 움직여야 할 판인데.

"배짱도 좋구나. 무림맹에서, 그것도 화산파 장문인인 나
를 찾아올 생각을 다 하였다니."

내 계획대로였다면 당신을 만날 일조차 없었을 테지.

"꼭 검황을 보아야 할 일이 있어서 그랬사옵니다. 심기가
불편하셨다면 죄송합니다."

"흐하하, 요세 골치 아픈 일이 생겨서 잠시 환기가 필요했

는데 마침 잘되었지. 그건 그렇고, 남궁세가의 인장은 어떻게 위조한 것이더냐?'

사실대로 말하면 남궁철과의 관계를 물을 테니 둘러대었다.

"위조한 인장은 아니옵니다."

"그게 정말이더냐?"

"제가 어느 안전이라고 헛말을 하겠습니까."

나는 잔뜩 움츠려들면서 겁을 먹은 듯이 말하였다.

그 모습을 보고 화산파의 장문인은 다시 한 번 기분 좋은 웃음을 터뜨리며 말했다.

"흐하하! 만약 네가 이것을 위조라고 했다면 대사형이 오기 전에 내 손에 죽임을 당하였을 것이다. 이것은 틀림없는 남궁세가의 인장이니 말이다."

그러게 쓸데없는 거짓말은 괜한 오해를 살 뿐이다. 진실보다 강력한 무기가 어디 있겠는가.

"감사하옵니다, 장문인."

"나에게 감사하기보다는 너의 정직에 감사하여라. 음, 그리고 보니 저기 대사형이 오시는구나."

잠시 말을 하는 사이에 화무황이 오는 것을 본 화산파의 장문인은 자리에서 일어나 대사형을 반겼다.

"어서 오십시오, 사형!"

하지만 화산파 장문인의 겉치레 인사를 무시한 검황은 들어오는 즉시 나에게 물었다.

덜컥!

"아니, 자네는 여기까지 어쩐 일인가? 설마하니 그곳에 무슨 변고라도 생겼다는 말인가?"

내 걱정은 안 하고 추 소저의 걱정이 먼저 앞서나 보다.

"일단 진정하시고 장문인에게 제 소개 좀 해주십시오."

검황에게 차분한 목소리로 말하자 화산파 장문인도 내 말에 동의하며 말했다.

"사형, 무슨 일인지 모르겠으나 일단 자리에 앉아서 말해도 늦지 않습니다."

"그렇습니다, 무황 어르신."

나는 최대한 편한 목소리와 표정을 내보이면서 추 소저에게 무슨 일이 생기지 않았다는 것을 느낌으로 알게 해주었다.

검황은 그런 나의 표정과 말투를 보고 한숨을 내쉬며 말했다.

"하아, 내가 잠시 추태를 보였나 보네. 그럼 일단 앉게나."

잠시간의 소동을 뒤로하고 화산파 장문인실에는 나와 장문인, 검황이 함께 자리하고 앉았다.

이윽고 장문인이 검황을 쳐다보며 물었다.

"한데 이 젊은이는 누구입니까, 사형?"

"예전에 내가 포구에서 전낭을 잃어버린 적이 있었지. 그
때 도움을 받은 포두일세."

"아아, 그럼 예전에 그······."

"그렇지. 일전에 말한 그 포두가 바로 이 사람일세."

나는 검황 어르신의 말이 떨어지자 장문인에게 포권을 지
어 보이며 말했다.

"다시 한 번 소란에 대해 사죄를 드리겠습니다."

"괜찮네. 어찌 되었든 화산파에게 도움을 주었으면 화산파
식구지. 마음에 두지 말게나."

말하는 게 썩 마음에 든다.

하지만 화산파 식구를 자처할 일은 없으니 제쳐두고, 여기
서 검황에게 운씨 자매에 대한 일을 꺼낼 수는 없는 일이고
따로 검황 어르신과 자리를 마련해야 하는데 무슨 핑계가 좋
으려나?

내가 이리저리 빠져나갈 방법을 모색하고 있을 때, 검황 어
르신이 여지없이 질문을 던졌다.

"한데 자네는 여기 무슨 일인가? 먼저 연통을 보냈으면 내
미리 기다리고 있었을 텐데 말이야."

먼저 연통을 보냈으면 이리 오지도 못했을 겁니다.

무림맹에 들어오는 연통은 전부 삼엄한 감시 절차를 밟는다.

누가 극약이라도 연통에 뿌려놓았을 위험도 있거니와 전 중원에서 무림맹에게 올라오는 연통이 한두 개일까?

하루에 수만 통은 쌓일 것이다.

그것을 전부 분류하는 데만 해도 족히 칠 일 정도가 소요된다.

그 연통이 내가 원하는 사람에게 가는 데도 보름은 족히 걸리는데 차라리 그 시간에 내가 오고 말지.

나는 이 말을 전부 할 수는 없고, 그저 요점만 간단하게 정리해서 검황 어르신께 대답하였다.

"하하, 그런 방법이 있었군요. 제 생각이 짧았습니다."

이럴 때는 모르쇠로 일관하는 것이 약이지.

검황은 나의 이런 말에 고개를 끄덕이면서 다시 물었다.

"그렇군. 그래, 딱히 무슨 문제가 생긴 것은 아니고?"

"문제는 무슨, 그저 근처에 잠시 공무가 있어 지나는 길에 문득 검황 어르신 생각이 나서 들른 것뿐입니다."

문득 검황 어르신이 생각나서 목숨 걸고 화산파에 들어왔겠는가.

당연히 화산파 장문인은 나의 이런 말에 의문을 표했다.

"설마하니 정말로 얼굴이나 보기 위해서 그런 짓을 벌였다

는 것인가?'

정당한 이유를 찾는데 생각나는 변명거리가 마땅치 않다.

화산파 장문인의 궁금증을 만족시켜 주면서도 검황과 자리를 따로 할 수 있는 명분이 뭐가 있을까?

음, 가벼우면서도 조금 진지한 이유여야 하는데 말이야.

아, 그 핑계를 대면 되겠군.

나는 화산파 장문인을 쳐다보며 입을 조심스레 열었다.

"그것이… 제가 사실은 이 근처에서 공무를 보다가 우연치 않게 산적을 만났습니다. 그래서 있는 마차며 돈이며 전부 다 뺏기고 같이 왔던 포졸은 부상까지 입고 간신히 목숨만 건져 이곳까지 오게 된 것입니다."

내 말에 장문인은 고개를 끄덕거리면서 말했다.

"음, 그래서 자네가 그렇게 절박하였구만. 그러면 이해가 되기는 하네. 도움을 청할 곳이 사형밖에 없었을 테고."

후우, 십년감수했군.

정육이 다친 게 이렇게 고마울 수가.

난 장문인의 말을 다시 이어 붙이면서 계속 이야기하였다.

"후우, 면목이 없습니다. 막상 주변을 둘러보니 검황 어르신밖에 생각나질 않아서."

그러자 장문인은 괜찮다는 듯이 나의 어깨를 툭툭 치면서 내가 원하는 말을 해주었다.

"괜찮네, 괜찮아. 아까도 말했듯이 화산파에 도움을 주었으니 식구가 아니던가. 나가는 길에 마차와 노잣돈을 좀 줄 테니 가지고 가게나."

"하아, 정말 감사합니다, 장문인."

"뭘 이런 걸 가지고. 아무쪼록 잘 내려가게나. 그러면 사형께서 이 사람을 챙겨주시겠습니까?"

"그렇게 하지."

"그럼 저는 처리하던 일이 있어서……."

장문인은 그 말과 함께 탁상에서 일어나 다시 자신의 책상으로 자리를 옮겼고, 나와 검황도 자리에서 일어났다.

나는 다시금 장문인의 고마움에 포권과 감사의 말을 전하고 검황과 함께 장문인실을 빠져나왔다.

그리고 그 즉시 검황에게 말을 전했다.

"긴히 들릴 말씀이 있습니다. 따로 이야기할 곳이 없겠습니까?"

"…자네, 음, 알았네. 따라오게나."

검황은 이제껏 나의 행동이 거짓이었다는 것을 알아차렸다.

변한 나의 눈빛에 눈을 흘기며 어디론가 인도하였다.

곧이어 검황을 따라 도착한 곳은 좀 외진 곳의 방이었다.

"이곳이면 괜찮을 것이네. 내 침소이니 누구 하나 올라오는 사람도 없을 테고, 장문인도 회포를 푼다 생각할 테니 말이야."

의외긴 하군. 장문인의 방은 한 층을 전부 쓸 정도로 으리으리한데 화산파의 명성을 드높이는 검황의 침소는 다소 빈약해 보일 정도로 검소하니 말이다.

하긴, 검황은 전쟁터에서도 그렇게 무엇을 따지던 사람이 아니었으니 이런 것이 더 어울릴 수도 있겠군.

나는 검황의 말에 대답하면서 자리에 앉았다.

털커덕.

"그렇군요."

자리를 먼저 청하지 않은데도 불구하고 먼저 엉덩이를 깔고 앉아버린 나를 검황은 털털하게 웃으면서 맞이해 주었다.

"허허, 아까 장문인 앞에서 보이던 행동을 보니 경극을 해도 괜찮겠더구만."

"칭찬으로 듣겠습니다. 그럼 이야기를 시작해 볼까요?"

"허허, 그러세나."

본론으로 들어가기 전에 일단 화제를 좀 부드럽게 하기 위해서 추 소저의 근황을 먼저 풀어놓기 시작하였다.

"추 소저는 건강하게 잘 있습니다. 기억에 대한 미련이 없는 것을 보니 그녀도 현재 생활에 만족한 듯이 보입니다."

"그런가? 하긴 무엇이든 잘해낼 것이야, 그 아이는. 한데

무슨 일을 하고 있기에 기억에 대한 미련조차 없는 것인가?'

사실대로 이야기하자면 연애질과 더불어 부엌때기 일인데, 이것을 그대로 말하면 왠지 모르게 멱살을 잡힐 것 같아서 풀어서 이야기해 주었다.

"현재 좋은 인연을 이어가고 있습니다. 그리고 포관에서 하는 일은 그저 문서 정리만을 하고 있습니다."

살짝 거짓말을 보태어 말하니 검황 어르신은 흡족하게 웃으면서 물었다.

"좋은 인연이라 하였는가? 허허, 그렇구만. 그 아이가 벌써 그 나이가 되긴 했지. 허허. 그래, 상대는 누구인가?"

"포관에서 일하는 평범하고 건실한 포졸입니다."

"아, 그런가? 자네가 그렇게 말하니 내 믿겠네. 허허."

"중원 천지에서 추 소저를 그렇게 아껴줄 사람은 그 포졸 한 명일 것이니 걱정 마십시오."

이현이 만약 이 자리에 있었다면 나의 말에 감동을 집어먹고 평생 따르겠다고 난리법석을 부렸으려나?

아니다. 그놈 성격에 만약 이 자리에 있었다면 이 말을 들은 즉시 내가 무슨 병에 걸렸는지 궁금해할 놈이다.

"허허, 그 정도인가? 허허허, 내 필히 그 사람을 한번 만나보고 싶구만."

"말리진 않겠습니다."

"허허허, 그 아이가 그렇게 잘 지내고 있다니 맹주를 대신해서 고마움을 전함세."

그래, 이렇게 나와야지. 그래야지 내가 부탁하기가 더 좋지.

나는 검황 어르신을 똑바로 쳐다보고 이 기회를 놓치지 않고 단도직입적으로 말했다.

"그 고마움, 지금 표해주실 수 있겠습니까."

"…음?"

"검황 어르신께서 생각한 것에 따라 쉬운 일일 수도, 아니면 어려운 일일 수도 있겠지만 저는 필히 받아가야 할 것이 있습니다."

"자네 무슨 부탁을 하려는 건가?"

다짜고짜 부탁하기는 했지만 일단 운씨 자매에 대해서 이야기를 듣고 나면 날인을 해주지 않고는 못 버틸 것이다.

사뭇 진지한 표정을 지어 보인 나는 운씨 자매에 대한 이야기를 꺼내놓기 시작하였다.

"현재 제가 살고 있는 고을에 운 씨 성을 가진 자매가 있는데……."

드디어 도착한 무림맹.

그리고 운씨 자매에 대한 일이 끝이 보이기 시작한 마지막 날의 눈부신 정오였다.

第十一章

―위지창

위지창은 오늘 아침 자신의 눈을 의심했다.

평소 명교에서 전해주던 약이 자신의 고통을 반감시켜 주지 못하자 의진각에 일러서 강한 진통제를 주문하였다.

그리고 오늘 의진각으로 내려가던 도중 뜻밖의 인물이 눈에 들어오는 것이 아닌가.

'네놈의 오장육부를 씹어 먹으려고 했는데 하늘에서 도와주는구나.'

위지창이 그토록 증오하던 이원생이 의진각 앞에 떡하니 버티고 있던 것이 눈에 걸린 것이다.

그는 당장에라도 치고 나가 이원생을 죽이고 싶었지만 당한 것이 있어 분노를 삼키고 그가 사라질 때까지 기다렸다.

그리고 사람을 시켜 이원생의 일거수일투족을 관찰하게끔 명해놓고 오는 길이다.

우걱!

꿀꺽!

위지창은 손에 들린 한 움큼의 약을 입에 털어 넣으면서 이원생에 대한 처우를 생각했다.

'도대체 어떻게, 어떻게 하면 그놈의 껍질을 산 채로 벗길 수 있단 말인가!'

무림맹의 사람을 동원하자니 나중에 뒷감당이 문제이고, 명교를 동원하자니 설득할 요소가 너무나 많았다.

그때 마침 위지창의 머릿속을 번뜩이며 지나가는 생각이 있었으니.

'살수! 그래, 살수를 쓰는 것이 좋겠군. 크흐흐, 돈이면 무엇이든 해주는 놈들이니 나중에 뒤탈도 없을 테고.'

명교에서 위지창의 계획을 들었다면 쌍수를 들고 말리겠지만 자신의 돈으로 하는 일까지 그들이 파악할 수는 없었다.

'크흐흐흐! 네놈, 이 지옥 같은 고통을 네놈에게 똑같이 안

겨주도록 하마!'

위지창은 입술을 잘근잘근 씹어가면서 이원생에 대한 복수를 가슴속에서 불태웠다.

그것이 얼마나 위험한 일인 줄 겪었음에도 불구하고 말이다.

복수에 눈이 멀어 짧은 명줄을 더욱더 재촉하는 위지창.

그는 약에 취해 비틀거리면서 무림맹 밖으로 힘겨운 발걸음을 재촉했다.

—이원생

"문제가 있네만……."

장황하고 짜임새 있고 거짓도 약간은 보탠 나의 이야기가 끝나고,

검황 어르신은 당연히 해줘야 하는 사명감을 느끼면서도 문제가 있다고 발언했다.

나는 고개를 갸웃거리면서 물었다.

"무엇이 문제입니까? 그저 날인만 해주면 나머지는 제가 알아서 처리하는데."

이 얼마나 간단하게 처리될 문제인가.

이제 황충모에게 운씨 자매에 대한 일이 올라가도 마한지가 있지 않은가.

단지 검황 어르신이 해줄 것은 이 문서에 날인만 찍어주면 되는 것이다.

뒤끝도 뒷말도 나오지 않는 이런 간단명료한 일이 세상천지 어디에 있겠는가!

그러나 문제는 뜻밖의 것에 있었다.

"내 날인을 어디에 뒀는지 까먹었네."

"…예?"

"그게 사용할 일이 전무하다 보니 황제 폐하께 받은 즉시 어디에다가 넣어놓기는 한 것 같은데 그것이……."

"……."

지금 내 심경으로는 벽에 머리라도 세게 박아버리고 그냥 여기서 쓰러져서 기절하고 싶은 심정이다.

이제 사람 문제가 다 끝나가니 무슨 문제 같지도 않은 문제가 생긴다.

날인은 기본적으로 붓으로 자신의 이름을 적어내는 것을 통칭으로 부르지만, 공적인 날인은 다르다.

종 이품계 이상 벼슬의 날인은 위조의 문제도 있고 하니 그 날인이 한 치라도 틀리지 않게끔 도장으로 파서 나온다는 것이다.

단지 문제가 거기서 끝나면 말도 하지 않는다. 똑같이 하나 더 파면되니까.

한데 그렇게 쉽게 끝날 문제겠는가?

종 이품계의 도장은 황제가 직접 하사하고, 황실 명부에 그 기록을 남긴다는 것이 문제였다.

매일 결재를 하는 사람일지라도 매일 하다 보면 단 한 획수라도 틀리지 않는 사람은 이 세상에 없다.

그런데 어떻게 도장에 찍힌 날인을 똑같이 파느냐는 말이다. 그것도 날인을 보지도 않은 상태에서 말이다.

아아, 어머니! 으아아악!

난 검황 어르신을 재촉하듯이 물었다.

"정말 생각이 나지 않으십니까? 정말이요?"

"그, 글쎄… 내가 분명히 받아서 화산파에 있는 내 거처에 둔 것까지는 생각이 나는데 말일세."

"그럼 화산파에 있는 겁니까?"

"그것도 확신하지 못하겠네. 음, 아마도 내 제자에게 물어보면 뭔가 대답이 나올 것 같은데 말이야."

아, 젠장! 도대체 이게 뭐하는 짓이지?

그냥 다 때려치우고 황실에 들어가서 황제에게 운씨 자매를 그냥 나에게 주라고 말할까?

정신이 멍해지는군.

나는 검황 어르신의 말에 정신을 가만히 놔둔 상태로 천장을 멍하니 쳐다보았다.

아하하하! 저 천장의 나뭇결이 마치 예린 소저를 닮았구나. 아하하하! 거참, 예쁜 나뭇결이네. 하하하하!

내가 정신을 살짝 놓을 때쯤 검황 어르신이 짧은 감탄성과 함께 나에게 희망을 주는 말을 하였다.

"아, 그렇군. 내 이제 기억이 나네. 그 날인을 내 제자에게 주었네. 확실하네!"

정말 사람을 들었다 놨다 하는 기억력이십니다, 어르신.

"그럼 빨리 제자를 불러야 하지 않겠습니까?"

"알겠네. 잠시만 기다리고 있음세. 내 얼른 제자 놈을 부를 테니."

덜컥. 덜컥.

무황 어르신은 급하게 채비를 하고, 자신의 제자를 부르러 어디론가 뛰어나갔다.

제발. 그 제자분께서 가지고 있어야 할 텐데. 제발!

—같은 시각. 무림맹의 회의실

이원생과의 만남이 있은 후에 화산파 장문인인 철검 이황로는 남궁세가 가주 남궁묵철과 무림맹 회의실에서 독대하고 있었다.

둘의 관계가 친분이 있다거나, 서로 한가하게 차나 마실 사이가 아닌 것은 오래전에 알고 있는 일.

남궁묵철과 이황로는 서로의 얼굴을 멀뚱히 쳐다보며 누가 먼저라 할 것도 없이 입을 굳건히 다물고 있었다.

"……."

"……."

팽팽한 신경전.

현재 무림맹과 중원무림을 양분하는 세력들의 수장들다운 심력 싸움이었다.

이황로는 묵묵하게 입을 다물고 남궁묵철의 표정을 샅샅이 보았다.

도대체 남궁묵철이 무슨 생각을 하는지에 대해 곰곰이 유추해 보려고 말이다.

'어찌 되었던 인사권의 삼분지 일이나 가져가 놓고 지금 와서 무슨 꿍꿍이인가? 도대체 무슨 생각으로 나와 독대를 하고 있는 것이지?'

수상하기도 할 것이다.

이제껏 인사권에 대한 문제도 큰 소란 없이 넘어갔던 남궁세가가 아닌가.

화산파 인물을 무림맹의 주요 직책이 올리지 못했지만, 그렇다고 해서 남궁세가의 인물이 그 자리에 올랐던 것도 아니었다.

그만큼 화산파와 남궁세가에서는 표면적으로 자신들과 상관이 없는 인물을 요직에 올리기 위해, 얼마나 피 말리는 싸움을 해왔던가.

'남궁묵철, 네놈이 무슨 꿍꿍이를 가지고 있는지 몰라도, 내가 그렇게 호락호락하게 넘어갈 것 같은가!'

이황로는 이미 줄 만큼 주었다고 생각했다. 아니, 줄만큼 주었다는 생각을 넘어서 차고 넘칠 정도로 주었다고 생각한 그였다.

이 이후에 남궁묵철이 무엇을 요구해 오던 거부할 의사가 분명한 이황로였다.

남궁묵철은 다부지게 다물어진 이황로의 표정을 보면서, 은근히 속으로 웃음을 보이고 있었다.

지금껏 이황로가 생각한 것이 바로 남궁묵철이 의도하는 바.

어떠한 요구에도 응하지를 않을 이황로의 마음가짐을 남궁묵철이 바랐던 것이다.

남궁묵철은 이황로가 준비되었다는 것을 느끼고, 먼저 말문을 열었다.

"다소 급하게 전갈을 보내어 장문인을 불러낸 것. 죄송하게 생각합니다."

포권을 지어 보이면서 정중하게 용서를 구하는 남궁묵철에게 이황로는 별것 아니라는 말로 대신하였다.

"괜찮습니다. 무림맹의 집행부를 맡고 있는 제가, 맹의 일원이 도움을 청하는데 거부할 수 있겠습니까?"

중원 정파 무림의 집합체인 무림맹에서 실질적인 주도권을 쥐고 있는 집행부, 그리고 그곳의 최고 책임자인 이황로는 지금 남궁묵철에게 자신의 권위를 보이고 있었다.

아무리 현재 날고 긴다는 남궁세가라 할지라도, 화산파의 저력에는 한참을 멀었다고 말해주고 있는 것이다.

남궁세가의 가주를 단지 무림맹의 일원으로 취급하면서 말이다.

이황로의 도발적인 말을 못 알아들을 남궁묵철이 아니었다.

하지만 남궁묵철은 흥분하지도 욱하지도 않고 그저 물 흐르듯이 넘겨 버리면서 이황로를 도리어 압박해 버렸다.

"그렇습니다. 그래서 이처럼 제가 도움을 청하는 겁니다."

"……."

"허허, 왜 그러십니까. 너무 하잘것없는 맹의 일원인 제가 도움을 청하는 게 어렵게 느껴지십니까?"

순식간에 전세가 넘어가 버린 남궁묵철의 화술에 이황로는 아차 싶은 생각이 들었다.

'역시 나이는 헛것을 먹는 것이 아니구나. 내가 너무 가주를 얕본 모양이군.'

이황로는 쓰게 웃으면서 남궁묵철에게 말했다.

"어렵게 느껴진다니요. 천만에 말씀입니다. 하니 말해보십시오."

자신은 화산파의 장문인이었다.

한번 입에서 꺼낸 말은 지키지 못하더라도 들어는 봐야 하는 것이 체면치레하는 것이 아닌가.

남궁묵철은 주저없이 흐뭇하게 웃으면서 이황로의 가슴에 비수를 꽂아 넣는 말을 내뱉었다.

"허허허. 감사합니다. 그럼 내 말을 하겠소이다. 다름이 아니라, 창룡대의 대주인 장영호의 자격 문제에 대해 도움을 청할까 합니다."

"……!?"

"허허허. 장문인도 아시다시피, 창룡대는 지난 명교와의 대전에서 씻을 수 없는 패배를 당하지 않았소이까. 더군다나 그 책임을 지고, 검황이 자리에서 물러났는데. 그 제자인 장영호가 떡하니 대주 자리를 차지하고 있으면 주변 시선이 곱지 않을 듯싶습니다."

텅!

"이게 뭐하자는 짓이오!"

이황로는 더 이상 참을 수 없다는 듯이 탁자를 강하게 손바닥으로 내려치며 남궁묵철에게 쏘아붙였다.

그러나 남궁묵철은 여전히 흐뭇한 미소를 지으면서 이황로에게 차분한 음성으로 단호히 말했다.

"장영호의 창룡대 대주직을 박탈하시오."

남궁묵철의 말을 들은 이황로가 아니었다.

인사권과 장영호의 문제는 명백히 다른 것, 이황로는 남궁묵철을 살기 어린 표정으로 쳐다보며 말했다.

"지금 남궁세가가 화산파에게 칼을 겨눴다고 봐도 무방한 것이오?"

이황로의 말에 남궁묵철은 고개를 설레설레 저으면서 여전히 차분하게 말을 이었다.

"허허허. 곡해가 심하시오. 장영호의 대주직 박탈은 어차피 다른 문파에서도 나올 말이 아니외까. 내 말이 틀렸다면 반박을 해보시오."

"……."

남궁묵철의 말이 틀린 것은 아니었다. 단지 화산파의 눈치를 보며 기회를 보는 것일 뿐.

창룡대에 속해 있는 각 문파의 손실에 대한 책임 추궁은 분명히 나중에라도 있을 것이었다.

이황로가 잠시 말문을 잊지 못하자, 남궁묵철이 신속히 말을 이어갔다.

"차라리 이런 와중에 장문인께서 장영호의 대주직을 박탈한다면, 화산파의 신뢰는 더욱 군건해지는 것이 아니겠소이까?"

구구절절 맞는 소리를 하는 남궁묵철의 말에 더욱더 무언가가 깔려 있다는 것을 알 수 있는 이황로였다.

이황로는 남궁묵철에게 기분 나쁜 미소를 지어 보이며 말했다.

"누가 보면 가주가 퍽이나 화산파를 생각해 주는 것으로 알겠습니다."

비꼬는 말투가 정확한 이황로에게 남궁묵철도 말이 곱게 나올 일은 없었다.

"거참, 장문인의 말투에 뼈가 느껴지니, 목구멍으로 말이 넘어가지도 않겠소이다."

남궁묵철의 말에 이황로는 의자에 최대한 뒤로 몸을 젖히면서 본론으로 들어갔다.

"그래서 하고 싶은 말이 무엇이요?"

이황로가 다소 말투를 누그러뜨리며 나오자, 남궁묵철도 본색을 드러냈다.

"이왕 이렇게 된 것. 어차피 장영호가 대주직에서 내려오는 것은 사실 아니오."

"그럼? 그 자리를 남궁세가에서 차지하겠다고 하는 것이오?"

"후후후. 만약 그렇다면 장문인께서 가만히 있겠소? 무슨 구실이든 명분을 만들어 내겠지요."

남궁묵철의 말에 이황로는 단박에 말하고자 하는 게 무엇인지 알 수 있었다.

이황로는 헛웃음을 한번 내뱉으면서 말을 줄였다.

"흐. 그럼 지금 가주께서는 절충안을 말하려고 하는 것이오?"

"뭐, 따지고 보면 그렇소이다."

"그럼 누구를 생각하는 것이오?"

"위지창."

"흠?"

"서로에게 좋지 않소이까? 어차피 위지창이야 언제든 대주직에서 끌어내기 좋을 만한 명분은 차고 넘치니. 필요한 만큼만 쓰기에 이만한 인물도 없다고 보이는데 말이오?"

남궁묵철의 제안에 이황로도 고개가 절로 끄덕여 졌다.

지금 위지창의 위세야 말할 것도 없지 않았다.

아무리 자신의 아버지가 무림맹의 맹주라고 하여도, 이름뿐.

세력도 실력도 없는 위지창이었다.

이황로는 그런 위지창을 떠올리며 생각하였다.

'창룡대 대주직으로 천거할 명분은 확실하지, 어찌 되었던 나와 남궁묵철이 은연중에 위지창을 밀면 되니까. 또한 그놈을 언제든지 대주직에서 찍어낼 물증도 충분하니. 음. 생각해 보면 그만한 놈은 없긴 없는데 말이야.'

명분도 확실하고 화산파의 명예도 지키고, 또한 나중을 기약할 수 있었다.

그러나 이황로는 이 말이 남궁묵철의 입에서 나왔다는 것이 의심이 되는 것은 어쩔 수 없었다.

'남궁묵철이 위지창과 거래를 하였던가? 거래를 한다고 해도 언제든 찍어 내릴 수 있는 놈이니 상관이 없긴 하지만. 왠지 모르게 찝찝하긴 하군.'

남궁묵철은 이황로의 생각이 길어지자, 이제 이 길고도 지루한 대화를 끝내려는 듯이 입을 열었다.

"장문인이 나의 충고에 응하지 않을 생각이라면, 내 굳이 강요하지는 않겠소이다. 하지만 후일에 대한 책임은 확실히 지셔야 할 것이오."

은근히 압박을 해오는 남궁묵철의 말에 이황로는 언짢은 듯이 대꾸하였다.

"원하는 것이 무엇이오?"

처음 이황로의 다짐과는 달리 결국 원하는 것이 무엇인지 물어보는 말이 나왔다.

절박하지는 않지만 그렇다고 괜찮은 것도 아니었다.

창룡대의 대주 자리가 중요한 것은 아니었지만, 무림맹에서 화산파의 위신을 여실하게 보여주는 좋은 사례였지 않던가.

중원 무림에서 날고 긴다는 각 문파의 영재들만 모인 창룡대가 아니던가.

그 수장이 바로 화산파의 수제자라는 것은, 현재 화산파에서 중원 제일의 고수가 나올 것이라는 것을 예고해 주는 것이었다.

한데 그 알토란같은 자리를 내주면서 기분이 좋을 이황로가 아니었던 것이다.

남궁묵철은 이황로의 질문에 의연하게 웃으며 말했다.

"허허허. 별것은 없소이다. 그저 창룡대에 남궁세가의 자리 하나 만들어 주라는 것 외에는."

"……."

이황로는 묵묵무답이었지만, 그러나 그도 짐작은 했었던 바였다.

그는 남궁묵철의 말에 잠시 생각을 한 후에 말문을 열었다.

"그럼 이 이후로 위지창이 대주직에서 물러난 그 이후에도 대주직에 손대지 않을 것이란 약조를 하시오."

이황로도 그냥 내어줄 수는 없는 노릇이었다. 얼마나 심사숙고하면서 창룡대에 대한 입지를 다져놓은 화산파였던가.

그 노력을 아무런 대가도 없이 뺏길 수는 없는 것이었다.

남궁묵철은 이황로의 말에 흔쾌히 대답하며 생각했다.

"허허! 물론이오! 내 약조하리다!'

'어림없는 소리! 위지창이 물러난 다음의 대주직은 필히 남궁세가의 것이다!'

이황로도 그런 남궁묵철의 호쾌한 대답에 대꾸하며 생각했다.

"그럼 이견이 없는 걸로 알겠소이다."

'필히 네놈들은 창룡대 대주직을 노리고 있겠지! 그러나 쉽사리 그 자리를 내줄 화산파가 아니다! 이놈들!'

남궁세가와 화산파의 무림맹 이권 싸움은 드디어 치열한 양상으로 전개되고 있었다.

그 중간에 낀 위지창은 자신이 소모품으로 사용될 것을 예상하지도 못 한 채, 어디론가 그 힘겨운 발걸음을 향하고 있었다.

—위지창. 사월(死月) 살수단

사월 살수단은 요즘 들어 심각한 재정난에 시달리고 있었다.

살수들의 씀씀이도 씀씀이였지만, 가장 주요한 원인은 일거리가 줄어들었다는 것이 가장 큰 이유였다.

의뢰를 한다면 하늘에 떠 있는 달이라도 죽여줄 수 있다는 뜻으로 살수단이 탄생하였는데, 그것도 의뢰가 들어와야 가능한 이야기였다.

전쟁이 끝난 후에 태평성대가 계속되자 사람들은 풍족한 삶을 꾸려 나갔다.

하지만 도리어 살수단은 굶어 죽어갈 이상한 현상이 찾아온 것이었다.

그러던 와중에 찾아온 대어(大漁).

"황금 백 관이라고 하셨소?"

사월 살수단의 단주인 흑살(黑殺)은, 믿을 수 없다는 말투로 자신의 앞에 앉은 병약한 남자에게 물었다.

황금 백 관이라고 하면, 은자로 따지면 십만 냥이 넘어가는 액수였다.

그것이면 살수단이 십 년 동안 의뢰를 받지 않고, 놀고먹기만 해도 남는 돈이 아니었던가.

흑살은 자신이 들었던 액수를 다시 한 번 확인했다.

"지금 황금 백 관이라고 하셨소?"

"크크. 왜 그러는가? 믿기지 않는가?"

"…의뢰를 하려면 최소한 반은 선 지불이라는 것은 알고 있소이까?"

흑살의 말에 병약한 남자는 기분 나쁜 웃음을 만면에 지어 보이면서, 자신의 옆에 있는 보따리를 밀치며 말했다.

"크크크. 선금 오십 관이다. 이 정도면 믿겠나?"

드륵!

와르르르!

일순간 흑살의 발밑으로 금빛의 금원보가 퍼졌다.

그 모습을 본 흑살은 고개를 끄덕거리며 병약한 남자에게 말했다.

"의뢰는 무엇이요?"

"크! 내가 원하는 한 명을 고통스럽게 죽이는 것! 그리고 내가 그 모습을 지켜보는 것이다!"

"의뢰는 받아들이겠소. 원하는 살수는 몇 명이오?"

흑살은 주어진 돈에 비해 좀 가벼운 의뢰라고 생각하였다.

그래도 자신들의 실력은 중원 삼대 살수단에 들어갈 정도로 그 실력은 알아줄 정도인데, 겨우 한 명이라니.

병약한 남자는 흑살의 말에 이빨을 드러내며 여전히 기분 나쁜 웃음을 흘리며 대답하였다.

"살수단 전부! 크크크! 전부를 원한다."

"음?"

"왜 그런 것인가? 이 돈이면 충분할 텐데?"

"혹시 죽여 할 자가. 중원 제일의 고수인 검황이오?"

"아니다. 크크."

"하면 일급 살수 몇 명으로 충분할 것이오. 닭을 잡는데 용을 잡는 칼을 쓰면 쓰나."

흑살의 자부심은 대단한 것이었다.

스스로의 살수단을 용이라도 잡을 실력에 비유하다니 말이다.

그러나 그런 흑살의 말에 병약한 남자는 비웃으며 말했다.

"크웃! 그래! 내 말이 바로 그 말이다! 용을 잡으러 간다! 중원에서 가장 거대한 용을 말이다. 크하하하!"

남자의 광소가 섞인 말에 흑살은 눈살을 찌푸리며 생각 했다.

'이거 터무니없는 의뢰를 맡아버린 것이 아닌가.'

과연 병약한 남자는 누구와 원한 관계 때문에 그 많은 돈을 걸고 살수단 전체를 동원하려는 것인가!

―이원생

슥. 슥.

나는 가슴에 있는 서신이 잘 있는지 다시 한 번 확인해 보았다.

다행히 장영호라는 청년이 무황 어르신의 날인을 보관하고 있어서 다행이지, 하마터면 여기까지 헛걸음을 할 뻔하여 얼마나 가슴을 졸였던가.

덜거덕덜거덕.

"후우."

마차의 바퀴 소리가 왠지 내 한숨 소리에 맞물려 한가하게 느껴지는 것은 기분 탓인가?

나는 가슴에 든 서신을 여러 차례 확인한 후에 뒤에 앉아서 조용히 요양하고 있는 정육을 쳐다보았다.

녀석은 꽤 상처가 깊은데도 불구하고 운기를 하면서 최대한 몸을 추스르려고 노력 중이었다.

그래야지, 그렇게 해야지. 네놈이 운씨 자매를 돌보지 않으면 죄다 내 일이 되는데, 힘내서 일어나야지.

"으으으! 날씨 좋다!"

한껏 기지개를 켜면서 하늘을 쳐다보니 청명한 색을 여지없이 뽐내는 겨울 하늘이 보였다.

더군다나 어제까지만 해도 쌀쌀했던 날씨는 금세 풀리어,

이제 두꺼운 옷을 껴입지 않아도 될 정도로 따뜻했으니 그야 말로 금상첨화가 아니던가.

짹짹. 쪼르르.

심지어 새마저 움츠려든 날개를 펴고 날아오르니 겨울이 아닌 것 같았다.

기분 좋은 하루.

하려던 일을 모두 끝내고 집으로 퇴근하는 사람의 심정이 너무나도 와 닿는 그런 좋은 기분.

아, 그리고 보니 이런 기분은 포관에서 퇴근할 때도 많이 느꼈지.

잠시 내 본분을 망각하고 있었군.

월봉쟁이의 심정을 월봉쟁이가 느낀다고. 그 꼴이 딱 내 꼴 이군.

무림맹에서 장하현으로 내려가는 길은, 중원 상단과 같이 이동할 때와는 다르게 매우 편했다.

중원 상단이야 사람 수도 많고, 옮길 물건도 많으니 당연히 대로가 있는 곳으로 다녀야 했다.

이렇게 제법 잘 닦여진 길이 각 마을마다 이어져 있으니 별 로 마부석에서 할 일도 없었다.

그저 그 길로 가는 말을 잘 인도만 해주면 되는데, 뭐가 더 필요하겠는가.

이대로만 간다면 삼 일 후에는 장하현에 도착할 것이다.

"하아아암!"

쩌업. 하품이 절로 나오는 날씨네.

이런 날에는 그저 술병 하나 옆구리에 척하니 걸치고 장하 강으로 낚시나 가야 하는데 말이야.

쉬이이익!

쉐엑!

나는 오른손을 들어 머리를 노리고 쏜 암기용 화살을 가볍게 잡았다.

척.

"음? 누가 나 잠깨라고 이런 걸 던져주나?"

이것들이 정말 마지막 가는 길까지 곱게 보내주지를 않는구나.

"워, 워. 멈춰라. 앞에 있는 쇠질려가 보이지도 않느냐?"

내가 암기에 맞거나 말거나 천천히 길을 가던 말은 내가 고삐를 당기자 즉시 멈추었다.

덜컹.

잠시 마차가 앞뒤로 출렁거리고 운기조식을 하던 정육이 눈을 뜨며 나에게 물었다.

"매복이오?"

"그런가 보다."

심드렁하게 남에 일 이야기하듯이 말하는 나에게 정육은 한숨을 내쉬며 자신의 창을 고쳐 잡고 말했다.

철컹. 끼리릭!

"하아. 주변의 기운을 보니 제법 숫자가 많은 듯싶소. 알아서 잘 피하도록 하시오."

"아서라. 몸도 아픈 놈이."

나서려는 정육을 다시 마차 안으로 쑤셔 넣었다.

더 이상 부려 먹었다가는 제 구실도 못할 것 같아서였다.

정육은 그런 나의 행동에 당연히 의구심을 가지고 물었다.

"이게 무슨 짓이오?"

"뭐긴 배려와 양보지."

"……"

"왜 그런 눈으로 쳐다보냐?"

도대체 저 불신의 눈초리는 내가 어떻게 대처해야 하는 거지?

녀석은 나의 태연한 말과 행동에 여전히 의심을 표시하였지만 이내 다시 마차에 들어가 앉으며 말했다.

"무공을 익힌 것이 맞구려."

어차피 보여줘야 하는 것인데, 숨길 이유도 없었다.

"그렇지 뭐."

"…그동안 왜 숨긴 것이오?"

사실을 말해줄까?

나는 마부석에서 내려와 몸을 풀면서 정육에게 대답해 주었다.

"너희들 정신건강을 위해서 그동안 숨겨왔던 거지. 웃차!"

"무슨?"

녀석은 나에게 무언가를 더 물어볼 요량으로 말을 걸어 왔지만, 백 마디 말보다 한 번의 행동이 더 좋은 법.

난 정육의 말을 잘라 먹으면서 공중에 대고 크게 외쳤다.

"야야야! 빨리 나와라! 갈 길이 바쁜데 쓸데없이 시간 잡아먹지 말고!"

…….

잠시간의 침묵.

그리고 이내 주변이 부산해지면서 부시럭대는 소리가 나기 시작하였다.

부스럭부스럭.

스윽.

하나둘씩 모습을 드러내는 놈들의 머리에 사월(死月)이라는 문장이 박혀져 있는 걸로 봐서는 살수단인 듯싶다.

도대체 누가 나를 이렇게까지 죽이고 싶어 하는 거지?

내 의문은 오래가지 않았다.

"크크크! 크하하하! 네놈! 이제야! 네놈이 이곳에 나타나는

구나!'

음. 생각 외로 내가 많이 약해졌나?

죽자고 쳤는데도 죽지 않고 나타난 걸 봐서는 명교에 대단한 의술을 가진 사람이 있나 보지?

어찌 되었든 예전에 한번 얼굴을 봤던 사이가 아니던가.

나는 반가운 마음에 손을 들어 인사를 건네주었다.

"여어. 오랜만이야. 얼굴을 보아하니 곧 죽게 생길 놈이 조용히 침상에 누워서 유언장이나 쓰지. 여기는 무슨 일인가?"

나의 말에 놈은 비쩍 마른 괴기스러운 얼굴을 찌푸릴 때로 찌푸리며 말했다.

"크크크. 그 천한 입은 여전하구나. 언제까지 그 상스러운 입을 놀리면서 살아 있는지 한번 보겠다. 크크크."

"음. 그런데 시작하기 전에 말 한마디 해도 될까?

"왜? 무서운가? 크크크! 이제 와서 살려 달라 말할 셈인가?"

"너 이름이 뭐냐? 내가 요즘 기억이 가물가물해서 말인데."

정말 궁금하긴 하였다. 내가 죽자고 때린 것을 맞고 살아남은 남자가 아니던가.

죽일 때 죽이더라도 이름이라도 기억하려고 물었다.

그러자 놈은 나의 이 진심 어린 물음에 감복하였는지 몰라도 분기에 가득 차 외치는 것이 아닌가.

"나를, 나를! 나 위지창을! 이렇게 만들어 놨는데도! 용서를 구해도 모자란 판국에 도리어 우롱을 해! 도대체 네놈의 간덩이가 얼마나 부었는지 반드시 산 채로 네놈의 배를 갈라 확인을 해보겠다! 뭐하느냐! 저놈의 사지를 베어 내 앞으로 끌고 오지 않고!"

아, 저놈 이름이 위지창이었구나.

이제 녀석의 이름을 알았으니 죽여도 여한이 없겠어.

나는 내 곁으로 조심스럽게 접근하는 살수들을 쳐다보며, 조용히 상단전을 열었다.

우우웅.

조용하게 사방을 울리는 공명음.

이것이 저놈들의 귓가에도 들릴까?

하긴 들린다고 해도 이게 무슨 소리인지 알 길이 없겠지.

저놈들 저승에 갈 때 심심하지 말라고 내가 연주하는 장승곡(葬昇哭)이니 말이다.

『이포두』 8권에 계속…

FUSION FANTASTIC STORY
월문선 장편 소설

화려한 귀환

머나먼 이계의 끝에서
다시 돌아온 남자의 귀환기!

『화려한 귀환』

장점이라고는 없던 열등생으로 태어나,
학교에서 당하는 괴롭힘을 버티지 못하고
자살이라는 극단적인 선택을 하게 된 남자, 현성.

"돌아왔다……. 원래의 세계로!"

이계에서 죽음을 맞이하게 된 현성은
자신을 죽음으로 내몰았던 현실 세계로 돌아오게 된다!

고된 아픔들, 그리웠던 기억들,
모든 것을 되살리며 이제 다시 태어나리라!

좌절을 딛고 일어나 다시 돌아온
한 남자의 화려한 이야기!
이보다 더 '화려한 귀환'은 없다!

Book Publishing CHUNGEORAM

유행이 아닌 자유추구 -
WWW.chungeoram.com

FUSION FANTASTIC STORY
건(建) 장편 소설

컨트롤러
Controller

세상에게 당한 슬픔,
약자를 위해 정의가 되리라!

『컨트롤러』

부모님의 억울한 죽음.
더러운 세상에 희롱당해
무참히 희생당한 고통에 분노한다!

"독하게… 살아가리라!"

우연한 기회를 통해 받은 다른 차원의 힘.
억울함에 사무친 현성의 새로운 무기가 된다.

냉정한 이 세상을 한탄하며,
힘조차 없는 약자를 대변하고자
내가 새로운 정의로 나서겠다!